JN002762

成長チートで 13
なんでもできるようになったが、
無職だけは
辞められないようです

時野洋輔
イラスト　ちり

ハルワタート

キャロル
イチノジョウ／
楠一之丞

メティアス

成長チートでなんでもできるようになったが、無職だけは辞められないようです 13

時野洋輔
イラスト　ちり

新紀元社

もくじ

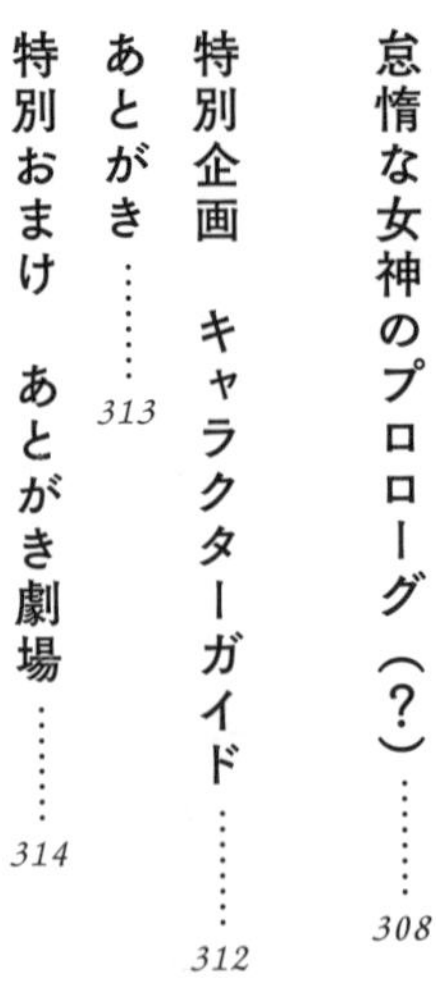

これまでのあらすじ

異世界アザワルドで【取得経験値20倍】【必要経験値1/20】という成長チートと、無職のまま複数の職業に就けるという恩恵を得たイチノジョウ。魔法都市マレイグルリで起こった騒動により魔王と勇者との関係性に謎を抱くイチノジョウの前に、東大陸にいるはずの妹ミリが再び登場。そして、テト、ミネルヴァ、メティアス――三柱の女神が魔神化するという事態に、イチノジョウが決断したこととは⁉

登場人物

異世界・アザワルド

イチノジョウ／楠一之丞（いちのすけ）

異世界に転移した20歳・無職の日本人。女神から天恵を授かる。

ハルワタート（ハル／ハルワ）

白狼族の剣士。イチノジョウと奴隷商館「白狼の泉」で出会う。

キャロル（キャロ）

奴隷の半小人族（ハーフミニヒュム）。魔物を引き寄せる「誘惑士」だった。

マリーナ／桜真里菜

仮面着用時のみ大胆な人格になる大道芸人。もとは日本人。

シーナ三号

人造迷宮にいた機械人形（オートマタ）。機械人間（サイボーグ）となった。

ピオニア

試験管から生まれたホムンクルス。

ニーテ

キス魔のホムンクルス。

地球・日本

楠（くすのき）ミリ

一之丞の妹。明るくてしっかり者の中学生。前世はファミリス・ラリテイ。

アザワルドへ

ダイジロウ

異世界に転移した元日本人。かつて魔王を倒す。

ジョフレ

お調子者の剣士。エリーズの恋人。

エリーズ

魔物使い。ジョフレの恋人。

鈴木浩太

輝く白い歯のイケメン聖戦士。もとは日本人。

フルート

悪魔族の少女。邪狂戦士から贖罪者となる。

女神

コショマーレ

一之丞に「取得経験値20倍」の能力を授けた女神。オーク似。

トレールール

一之丞に「必要経験値1/20」の能力を授けた、怠惰と賭博の女神。

ライブラ

秩序と均衡の女神。絶品カレーを作る。

セトランス

戦いと勝利を司る女神。

ミネルヴァ

薬学の女神。いつも死んだ魚のような目をしている。

テト

生命の女神。女神のなかで唯一、自分の迷宮をひとつしか持たない。

プロローグ

昔から、我が家の朝食の定番はトーストとプレーンオムレツだった。母は俺たちが起きる一時間以上も前に起き、冷蔵庫から卵を取り出すのが日課だった。卵を常温に戻すことがプレーンオムレツを上手に作るコツなのだと母はいつも自慢げに言っていた。

そんな母が亡くなってからは、俺が朝食を作ることになった。

最初に作ったオムレツと呼ぶことのできないなにかを、ミリは美味しいと言って食べてくれた。

彼女は俺にとって救いであり、生きる希望であり、喜びだった。

いまにして思えば、ハルやキャロを救おうとしたのも、彼女を失った喪失感によるものだったのかもしれない――なんて言えば、シスコンに思われかねないな。

それから、異世界に来るまでは毎日のようにオムレツを作っていたが、こうしてオムレツを作るのは久しぶりな気がする。

マイワールドで育成中の黒鶏の卵を使ったオムレツは、昔のように焦げることなくふんわりと仕上がった。

「ミリ、運ぶのを手伝ってくれ」

マイワールドに建っているログハウスのキッチンの窓を開け、俺は大きな声で呼んだ。

現れたのはミリではなくハルだった。現れたというよりかは駆けてきたという感じで、まるで犬のようだ。

　そう言ったら白狼族の彼女は怒るだろうか？

　いや、ハルが俺に対して怒っているところは想像できないな。でも、落ち込みはするだろう。

「ハル、ミリはどうしたんだ？」

「ミリ様はいまは手が離せないそうなので、私が来ました」

　あまりミリを甘やかすなよと思うが、それは無理な話かもしれない。

　ミリの前世は魔王ファミリス・ラリテイであり、そしてハルの前の主人でもあった。そのときの忠誠心はいまでも失われていない。

「マスター、私たちも手伝います」

「あたしはミルクを運ぶぜ」

　そう言って手伝いを申し出てくれたのは、ホムンクルスのピオニアとニーテだ。ピオニアは相変わらずの無表情だが、ニーテはどこかバツの悪そうな顔をしている。

　彼女たちは先日、この世界に現れたテト様の影響を強く受けて暴走し、俺たちに襲いかかったことがあった。その後、昏倒したふたりは意識を失っていたが、ようやく目を覚ましたのだ。

　暴走していたときの記憶は朧(おぼろ)げにしか覚えていないが、それでも俺たちを襲ったことは理解しているようで、ふたりとも自分たちの破壊を希望した。

　彼女たちの防御力は魔法、物理ともに最強級であり、そのせいで自殺をすることもできない。彼女たちを殺すことができるのは俺の魔法、太古の浄化炎(エンシェントノヴァ)、もしくは先日使った世界の始動(ビッグバン)くらいだという。

当然、俺はそれを拒否した。

それでも、納得していない様子のふたりだったが、ミリの提案により彼女たちの体の一部に機械を埋め込んで機械人間（サイボーグ）化することで、シーナ三号のように自我を保っていられるようになったらしい。

ひとまず彼女たちの問題は解決した。

「なぁ、マスター。あたし、やっぱりあのときのことを謝るには、マスターにあたしの体を弄んでもらうしかないと思うんだが、どうだろうか？」

ニーテが俺に密着して上目遣いで尋ねた。

「どうだろうかじゃないっ！　胸を押し当ててるな。早くミルクを取ってこい」

俺の両手はオムレツの載っている皿を持っているので、彼女を突き放すことができない。

「なんのミルクを？　……あたし、出るかな？　出たら飲んでくれるんだな？」

彼女は自分の胸を掴むように言った。

「スーギューのに決まっているだろ。出るわけないだろ」

と言いつつも、ホムンクルスだった彼女の体は人間と一部異なるので、絶対に出ないとは言い切れない。

俺は文句を言いながらも、スーギューのミルクを取りに行くニーテを見て少し申し訳ない気持ちになった。彼女があんなことを言っているのは、罪滅ぼしのためでもなければ、本当に俺を誘惑しているわけでもない。無理にでもいつも通りに振る舞おうとしているのだろうということくらい理解できる。

ハルと一緒に人数分のオムレツを運んでいき、ログハウスの外のテーブルに並べた。

これまでは家の中で食べていたが、今日はミリとノルンさんもいるからな。

さすがに小さなログハウスのダイニングでは少々手狭だったので、外で食事をすることになった。

ダイニングにあるものの倍くらいあるテーブルの前に座っていたのはミリだけだった。黙々と本を読んでいたが、俺が来たことに気付き、視線をこちらに向けた。

「ミリ、ノルンさんとキャロは？」

「ふたりならヒヨコを見に行ったわよ。真っ黒いヒヨコ」

マイワールドは、現在第一次ベビーラッシュが到来中。

子牛とヒヨコが生まれたのだ。

特にスーギューは難産で、フロアランスで合流できたノルンさんがいなかったらかなりヤバかった。

彼女の知り合いに牧場主がいて、何度か牛の出産の手伝いをしたことがあったらしい。

なお、ノルンさんとは合流できたが、真里菜は絶賛連絡が取れていない状態。拠点帰還（ホームリターン）の魔法のリストの中にも真里菜の名前は残っていたから、生きているのは確かだ。カノンも一緒にいることだし、大丈夫だろう。

「すぐに戻ってくるそうよ」

ミリはそう言って、視線を本に落とした。日本語でもこちらの世界の言葉でもない文字が綴られたその本の内容がわからない以上、遊んでいないで手伝えとは言えない。

ただ、絶好の機会だと思った。

ホムンクルスのこともあり、ミリとはあまり話せていなかった。

しかし、こうして座っていると、家族向けのマンションの広い食卓でふたりきりだった、あのときのことを思い出す。

いまとなっては戻りたいとは思えないが、当時の俺にとっては失いたくないと思った日常の風景を。

そして、失いたくないといったら、いまの日常も失いたくない。

俺が一歩踏み出すということは、この日常が壊れる可能性があるということと表裏一体である。

それでも、俺は前に進まないといけないと思った。

「ミリ、俺に教えてくれ。魔神のことを。それと——この世界を救う方法を」

妹に全部教わらないといけないなんて、恥ずかしい兄だと思う。

それでも、前に進まないといけないのだ。

ミリは視線を俺に向けて小さく頷いた。

第一話　無職から魔王に

この世界、アザワルドはとても危機的な状況にある。

女神テト様が同じ女神だった――否、女神だと思っていたミネルヴァ様の手に落ち、魔神となっただけでなく、かつて魔神となった元女神のメティアス様が、どういうわけかケンタウロスの体の中から復活した。

この世界は、災厄とやらのせいで滅びの危機にあり、その滅びから人々の魂を救うため、魔神たちはその力を使って、魂を地球に送ろうとしているのだという。

それだけなら、この世界に危機が訪れるのは数億年も先の話になるのだが、コショマーレ様が言うには、魔神は地脈で浄化している途中の瘴気(しょうき)を迷宮内にあふれさせ、魔物として人々を襲わせることができるという。

実際に、俺は大量の魔物があふれる事件を三度目撃している。

一度目は、ダキャットの国で女神セトランス様が管理している迷宮の中から大量に魔物があふれ、国が危機に陥った。

二度目は、パオス島でミネルヴァ様が管理している迷宮から、やはり魔物があふれ出し、島中で魔物が大暴れすることになった。このとき、ミネルヴァがまだ女神だったのか、すでに魔神だったのかはわからない。

そして三度目は、マレイグルリで起こった。三つの迷宮から魔物があふれ、女神テト様が管理する迷宮に大量に瘴気を送り込まれ、彼女を魔神へと堕としたのだ。

そのどれもが、町が、下手を打てば国そのものが滅ぶ大災害だった。

それが世界中で起こるとすれば、文字通り世界は破滅することになる。

「世界を救う方法を教えてくれ」

俺が頼みを伝えると、ミリはため息をついた。

「別におにいは無理しなくてもいいんじゃない？　相手は魔神になったとはいえ、女神と勇者なんだし。世界が滅びるといっても、迷宮から魔物があふれ、人類にとって住みにくい世界となるだけ。コショマーレが言っていたのは、少し大げさなのよ。正直、私たちが関わるような話じゃない。あとは女神に任せればいい話よ」

「でもな、そうは言っても……」

「安心して、いちおう私も対処方法を考えてるから」

「本当なのかっ⁉」

さすがミリだ。俺の考えの一歩どころか、千歩先を行っている。

「私が女神になればいいんだよ」

「なっ……」

「魔神って神様だからね。対抗するには神の力が必要になる。きっと私なら、過去最強の女神になることができる」

あの日、ライブラ様が言った。

『女神の適合者の筆頭がミリさんです。無理強いはしませんが、世界の救済のためにも、どうか考慮ください』

そう言っていた。

ミリは猶予を求めていたが、もう女神になる決心をしたということか。

でも、それは……。

「それはダメだ！」

「どうして？」

「女神とは、生贄とされた無垢な少女……つまり、一度死ぬってことなんだよな」

「私は三度死んでいるよ」

ミリは言った。

かぐやとして、富士の噴火を止めるときに人身御供とされたことを。

ファミリス・ラリテイとして、勇者と戦い、そして敗れたことを。

最後に、楠ミリとして、奇しくも富士の山頂で自殺したことを。

本来なら一度しか訪れないはずの死を、彼女はすでに三度経験している。

「凄いよね。ギネス記録に死んだ数があるのなら、間違いなく不動の記録になるよ」

「……ここは異世界なんだから、世界一の記録にはならねぇよ」

「あはは……そうだね。あ、私が女神になることを、ほかの女神に諦めさせる方法ならあるよ」

「……え？」

「ここでおにいと私が結婚してみるとか？　ほら、女神って無垢な少女にしかなれないんでしょ？　ここでおにいが私のことを汚してくれたら……ってごめん。そんな冗談言える空気じゃないね」

「……あぁ、笑えねぇよ。妹なんて抱けるか」

俺はそう言って、しかしそれで肩の荷が下りた。

「そっか、俺は本当にバカだ。なにが世界を救うだ。思い上がっているんじゃねぇよ。俺は無職で、ハルとキャロにとっては頼りにならないご主人様で、ダークエルフたちにとっては分不相応な救世主で、真里菜や鈴木にとってはただの同郷者で、そしてミリにとって――」

俺はミリを見た。

彼女の目を。

妹の目を。

「俺はミリの兄だ。兄は妹を救えればそれでいい」

世界なんて知ったことか。そいつを救うのは勇者の仕事だ。俺の仕事じゃない。

そもそも、無職に仕事なんてない。

無職に仕事がないのなら、俺は兄としての仕事をまっとうしてやる。

「お前をハッピーエンドの糧になんてしてたまるか。尊い犠牲なんて糞くらえだ」

「ダメだよ、おにい。そんなこと言ったら、私……本当に……挫けちゃダメなのに」

ミリの目にうっすら涙が浮かぶ。

「ダメなもんか！」

「世界が私を望んでいる。おにいは世界を敵に回しても私を女神にさせない、守るって言うのっ⁉」

「世界が敵だって言うのなら、俺が魔王になって世界をぶっ潰してやる。無職っていうのは、仕事をするのが当たり前だと思っている世界と、常に戦って生きているようなもんだからな」

「無茶苦茶だよ、おにい」

そう言うミリの目に浮かぶ涙を、俺は指で拭った。

自分でも無茶苦茶だってことはわかっている。

神を相手にするだなんて。俺は勇者にだって負けたっていうのに。

「ありがとう。おにいの気持ちは絶対に忘れない。でも、世界を敵に回すなんて。しかもよりによって……」

ミリがそう言ったときだった。

「あ……」

なにかに気付いたように声を上げた。

「どうしたんだ？」

「待って、黙って！」

ミリはそう言って俺を手で制した。

そして、右手を握りしめ、口に当てる。

「ひとつだけ……あるかもしれない。世界を救う方法が」

「お前を殺さずに、か？」

「うん。でも、これってかなり無茶な——」

「妹を救うのに兄が無茶をするのは当たり前だろ」

「世界を救うためじゃないの？」

「そっちはついでだ」

その俺の一言で、ミリもまた覚悟を決めたようだ。

そして、ミリはとんでもないことを俺に告げた。

「おにいには、これから魔王になってもらおうと思います！」

◆◆◆◆◆

ミリの提案は確かにとんでもないものだった。

魔王になるということがじゃない。

むしろ問題は魔王になってからのことだった。

しかし、その話を聞くと、確かに可能じゃないかと思えてくる。

妹と世界、両方を同時に救うことが。

「ハルワ、そこにいるわね」

「はい、ミリ様」

ハルがログハウスの中から人数分のサラダの盛られた皿を持って現れた。ピオニアも一緒だ。俺とミリが話している間、ログハウスの中で待っていたらしい。

「話は聞いていた？」

「いえ、聞いてはいけないと思い、耳をたたんでいました」

ハルはそう言って、自分の白い耳をペタンとさせる。少し耳が動くのは知っていたが、そこまでたためるとは思わなかった。

耳をたたんでいるハル、めっちゃ可愛い。

「そっちの子は？」

「全部聞いていました。マスターのカッコいいセリフもすべて録音しています。『世界が敵だって言うのなら、俺が魔王になって世界をぶっ潰してやる』」

「やめろ！　改めて聞くと恥ずかしい！」

ピオニアの奴、機械人間化(サイボーグ)して、シーナ三号が使っていたような録音機能なんて身に付けやがったのか。

「なら、ハルワにあとで話しておいて。私たちは」

「早速行くのか？」

「朝ご飯を食べてからね」

ミリはそう言って、テーブルの上に置かれたオムレツに、ケチャップをかけたのだった。

早速食べようとするミリに、俺はキャロとノルンさんを待つように言った。

食後、改めて現在起こっていることについて話し合うことにした。

もちろん、話を切り出すのはミリだ。

「私たちの敵は、三柱の魔神、ミネルヴァ、テト、メティアス。そして勇者と現魔王」

どこからともなく取り出したホワイトボードに、三柱の魔神と勇者たちの名前を書き連ねていく。

現魔王だけは名前がわからないので、『マ王』とだけ書いていた。

「ミリ、勇者を敵と認定しているが、教会とダイジロウさんはどうなんだ？」

「今回の件に教会は無関係。ダイジロウも勇者とは距離を取っている。どちらかといえばこちら側の立場だけど、直接私たちに手を貸してはくれないだろうね」

「こっちの立場なのに、手助けしてくれないのか？」

「まぁ、ダイジロウにはやることがあるのよ。それと、ダイジロウの狙いはあくまでも地球に戻るためのルートの確保。その目標はどちらかといえば敵側についたほうが達成しやすい……けれど、私のこの本がある限り、明確に敵対してくることはないはずだよ」

ミリはそう言って、ミルキーの同人誌を手に取る。

そこには、ミリが独自の計算で編み出した地球に帰るための計算式が隠されているのだとか。

「ミリちゃん。魔王や勇者様はなんでミネルヴァ様やテト様側についてるの？　魔神が勝ったら、この世界は滅んじゃうんでしょ？」

ノルンさんが手を上げて尋ねた。ミリとは友好関係にあり、この中では俺の次に親しい関係にある。ある意味、忠臣であるハルよりも近い距離にいるだろう。

「そのあたりはいろいろ理由がありそうだけど、おにいはなにか聞いてる？」

「魔王と繋がりはあるようだが、手は組んでいないって言っていたな。『そんな八百長、世界は認めない』って言ってた。そうだ、タルウィって白狼族が勇者の眷属らしいんだが、ミリは知らないか？」

「タルウィ？　少なくとも私がいた頃の魔王軍にはそんな名前の子はいなかったわよ」

「全員覚えているのか？」

「まぁ、私が考えた名前だしね。白狼族はその種族の慣習として、子供の名前を主人に名付けてもらうのよ。ハルワも私が名付けたわ。でも、もしかしたら――」

「もしかしたら？　なんだ？」

「……ううん、勇者の眷属なんだから、勇者側の白狼族ってことでしょ」

ミリはそう言いながら、勇者側のところに新たにタルウィの名前を、さらにもうひとりの名前を書き足した。

その名前を見て、真っ先に反応したのはキャロだった。

「なんで、なんでその人の名前がそこにあるのですか⁉」

「知り合いなの？」

「キャロの恩人です」

驚いたのはキャロだけではない。

俺も、そして多分ハルも驚いていた。

タルウィの横に書かれたのは、クインス。

ベラスラで奴隷商を営み、そして両親を魔物に殺されたキャロを奴隷として引き取り、育て、俺に彼女を託してくれた人物だった。

キャロにとっては、おそらく親と同じような存在のはずだ。

なぜ、その人の名前が勇者側にあるのか？

「おにぃ。魔王は三大魔王を集めていたのは聞いていたでしょ？」

「悪魔族、黒狼族、夢魔族のことだよな」

その話は、キャロとハルから聞かされていた。

そして、それをふたりに伝えたのは、ほかならぬクインスだった。

「魔王の目的を知っていたから、クインスさんは魔王側だって言いたいのか？」

「ううん、これはあくまでも私の推測だけど、三大魔王は、おそらく魔神候補よ。三柱の魔王を魔神にすることで、魔神を六柱揃えるつもり。ちなみに、魔王というのは方便で、別に職業が魔王というわけではないわよ」

ミリは、ホワイトボードに、悪魔族、黒狼族、夢魔族と書き足し、そしてさらにその夢魔族の部分から線を引く。

「なんで六柱揃わないとダメなんだ？」

　俺が尋ねると、ミリは話の腰を折られたと思ったのか、一瞬止まり、そして、今度はホワイトボードに、数字の六を書いた。

「おにい、六の数字ってどう思う？　思ったことを率直に言って」

「……近所のスーパーで安売りが始まる時間」

「そうね、六って縁起が悪い印象があるわよね」

　ミリにスルーされた。思ったことを率直に言っただけなのに。

「その原因のひとつは、ヨハネの黙示録にあるの。新約聖書にはこう記されているわ。『ここに知恵が必要である。賢い人は、獣の数字にどのような意味があるかを考えるがよい。数字は人間を指している。そして、数字は六百六十六である』って。あ、原文は当然日本語じゃないから、これはウィキペからの引用だけど。地球だと、映画とかの影響のほうが強いかな？」

「六六六の映画ってなんか聞いたことがある。額に数字が浮かぶ映画だよな」

「うん、正解」

　ミリが頷いた。

「でも、その悪いと思われる本質は、創世記にある。神が世界を創造したとき、六日目に作ったのが獣であり、そして同時に人も作られ、人は獣を使役する存在となった。当然、進化論なんてガン無視の話よ。でも、もしもこれが真実だとしたら？　ただし、地球の話ではなく、こちらの世界での話だとするのならどう？　神は六日をかけ、この世界に魔物という存在を作り、その上に立つ存在として人間を地球から転移させたのだとしたら？　それなら、六という数字に大きな意味を持たせることになるんじゃない？」

「……それは確定なのか？」

「憶測よ。でも、六という数字に意味があるのは間違いない。女神と魔神、それぞれ自分の力を最大限に高めることができる数字が六なの」

ミリはそう言って、話を戻した。

「そして、その魔神候補のひとり、夢魔族の魔王っていうのが、クインスなのよ」

「待て！　クインスさんはどう見ても普通の人間だったぞ」

夢魔族というのは、サキュバスというのは。

「そう見えたのは無理ないよ。だって、おにい。シーナ三号と普通の人間、見た目でどこが違う？」

そう言われ、全員の視線がシーナ三号に集まった。

「皆に見られて照れるデスよ」

口調は相変わらずおかしいが、見た目は普通の女の子。前は首も外れたが機械人間（サイボーグ）となってからはさらに人間となった。

なぜここでシーナ三号の話題になるのか？

シーナ三号が人間に見えたからどうなのか？

……まさかっ⁉

俺はある推論にたどり着く。

「クインスさんも、機械人形（オートマタ）だったのか？」

「正解。私が作ったの。クインスとは古い知り合いでね。普通の人間として生きたいという彼女の願いを叶えるため、魂と記憶を人形に移したのよ。夢魔の女王としての彼女の力は強力だったからね。もちろん、試作品で経年劣化してきたシーナ三号とは違って、クインスの身体になったのは経年劣化のない完全版ってところかしら？」

魂と記憶を移す。

そんなことが簡単にできるものなのか？

そう思ったが、シーナ三号はもともと魂のない機械でありながら、その内に魂を宿した。

それは逆説的に言えば、機械人形（オートマタ）の身体に魂を宿すための機能があったということになる。

シーナ三号は、最初からクインスさんを移すための実験体だったのか、それともシーナ三号を元にクインスさんの記憶と魂を宿すための機械人形（オートマタ）が作られたのかはわからないが。

「彼女が煙管を使って魔力を補給し続けていたのは見ているでしょ。そして、冒険者ギルド経由で確認したけれど、クインスは現在行方不明。十中八九、勇者に連れていかれたと見て間違いない」

「それでも、敵じゃないだろ。あの人なら話せばこっち側についてくれるはずだ。だって――」

「ここは最悪のパターンを想定するべきです」

そう言ったのは、ほかでもないキャロだった。

本当なら、一番クインスさんのことを信じているはずなのに、クインスさんが魔神側にいることを想定して話をしようと言っている。

本当に凄い奴だと思った。

「話の腰を折ってすみません。ミリさん、話を続けてください」

「わかったわ。本来、ここで私たちがするのは女神たちに頼って静観すること。強いて言えば、勇者とか魔王とかは相手できるけれど、女神と魔神の戦いに影響を与えることはできない。女神と魔神に対抗するには、こちらも神に対抗する力を手に入れる必要がある。魔王が使えるスキルにそれがある」

「魔王が使えるスキル……なら、ミリのレベルを上げたら――」

俺の問いかけにミリは首を横に振った。

「無理よ。私は前世でそのスキルを覚えるレベルに達するのに八百年の時間が必要だったの。おにいの取得経験値二十倍の力を借りても、何十年かかるかわからないわ」

「待て、ミリが八百年かかったのなら、俺が頑張っても二年の時間が必要になるってことじゃないのか？」

俺の成長チートは四百倍の速度で成長する。

「方法はあるよ。魔王のスキル、魔王の権威。これは眷属の経験値を配分できるってスキルなの」

「それでハルたちの経験値を自分のものに？」

確かにそのスキルは便利そうだ。

ラストアタックを決めた者に過半数の経験値が入るという世界のシステムを考えると、どうしてもサポートの人間はレベルが上がりにくくなる。

パーティの経験値の配分で揉める原因にもなりかねないが、このスキルがあれば経験値を平等に分配することもできるし、やろうと思ったらパワーレベリングだってできる。

だが、今回に限ってはあまり意味はない。

ハルが魔物を倒した場合、その経験値は取得経験値二十倍の適用外になる。

それなら俺ひとりで戦ったほうがまだ効率がいい。

「違うよ。おにいは、自分の経験値――魔王以外の四つの職業の経験値をすべて魔王の経験値とすればいいの」

四つの職業の経験値を魔王の経験値に？

確かに、それだと二千倍の速度でレベルが上がることになる。

「だが、それでも二カ月以上必要になるんじゃないか？」

「当然だけど、私も魔王をやっていたとき、ずっと経験値稼ぎをしていたわけじゃないよ。ほとんどは執務ばっかり。だから、おにい。本当の成長チートで、その二カ月を一週間に変えればいいんだよ」

「本当の成長チート？　まだ裏ワザがあるのか？」

「いやいや、そんなものはございませんよ。先人の時代から伝わる当たり前の方法です」

ミリはここで茶化すように、そして面白そうに笑って言った。

先人の時代から伝わる当たり前の方法？

それって、まさか――

「根性によるレベルアップ！　おにいには一週間、高難易度迷宮に籠もってひたすらレベルアップしてもらうの。もちろん、魔王になってから」

それって、いまさら修行編が来たってことか。

「で、どうすれば魔王になれるんだ？　まさか、魔族専用の職業とか言わないよな」

「私は前世も日本人だったのよ？　魔族専用の職業なら、私がなれるわけないじゃない」

あぁ、言われてみればその通りだ。

「魔王になるのは簡単。ファミリス・ラリティ――前世の私の力を取り込めばいいの」

ミリはそう言って、光る玉を取り出した。

あれ？　これってどこかで見たことがあるような気がする。

そうだ、シーナ三号が持っていた宝玉だ。レヴィアタンを封印するためにダイジロウさんから預かったって言っていた。

「私は死ぬ前に、自分の力を四つに分けて、ダイジロウに封印を頼んだの。ダイジロウはついでに各地に出没している魔物を封印するためにも使ったみたいだけどね」

「じゃあ、いまの魔王はこの宝玉を使って魔王になったってわけか」

俺は宝玉を見つめて言う。

「多分そうね。どうやって手に入れたのかはわからないけど」

とミリがそう言ったとき、彼女が持っていた宝玉が粉々に砕け散った。

「……っ⁉」

「ごめん、四つの宝玉のうちふたつは、私が力を取り戻すために取り込んだの。宝玉は結界石の役割をしていて、私の力を弱める力があったから破壊するついでに」

四つの宝玉のうちひとつはジョフレとエリーズが持っていた。しかし使用済み。

ひとつはシーナ三号が持っていたが使用済み。

ひとつは魔王が使った。もしかしたら、勇者が管理していたものを魔王に渡したのかもしれない。

「私の命と引き換えに、おにいを魔王にすることもできるけど――」

「お前を女神にしないために俺が魔王になるって言っているのに、それじゃ意味がないだろ。はぁ、四つの宝玉のうちふたつは壊れて、ひとつはいまの魔王が使ったとなると、残っている宝玉はひとつってことになるのか？」

どうやら、魔王になるのも簡単ではなさそうだ。


「それで、戻ってきたの？　別にいいんだけど……」

鈴木は呆れたように言った。

カッコつけてマレイグルリからフロアランスに行った俺だったが、魔王ファミリス・ラリテイの力を封じ込めた宝玉を手に入れるため、マレイグルリに戻ることになった。

マイワールドの出口をマレイグルリに残しておいてよかった。

ここから南大陸の最東端を目指すことになった。

なんでも、そこからさらに東南東に進んだ無人島に、その宝玉が安置されているらしい。

「僕はここまで。クロワドラン王国はシララキ王国やツァオバール王国と友好関係にあるけれど、さすがにワイバーンで空を飛ぶことはできないんだ」

「いや、ここまで連れてきてくれただけでも十分助かったよ。あ、そうだ、なにかあったらこれで連絡をしてくれ」

俺はそう言って、通話札を何枚か鈴木に預けた。

「うん、じゃあなにかあったら連絡するよ。僕はこれから、マレイグルリの南の森で盗賊が現れたそうだから、ちょっと懲らしめに行ってくるよ」

そう言って鈴木は歯を見せて笑みを浮かべると、さっそうとポチに乗って消えていった。

相変わらず主人公しているな、あいつ。

同い年とは思えない爽やかさだ。

もしも俺が魔王になっていつか退治される日が来るとしたら、鈴木のような奴に退治されたいものだ……と思ったが、ハルとキャロを残して死にたくないので、やっぱり死なない方向で調整してもらおう。

クロワドラン王国の検問は、シララキ王国の准男爵の爵位のお陰か、楽に通過することができた。

俺はそこから走って海岸を目指す。

「ここが南大陸最東端の岬か」

福井県の東尋坊のような崖の上だ。こんなところに連れてこられたら、殺人犯でも簡単に自白してしまいそうになるだろう。

俺はそこで、眷属召喚を使い、ハルを呼び出した。

「綺麗な景色ですね」

「ああ。こんな状態じゃなかったらゆっくり景色を眺めたいくらいだが、早速頼めるか？」

「もちろんです」

ハルはそう言うと、引きこもりスキルを使ってマイワールドへの扉を開けた。

俺じゃなくハルが扉を開けるのは、なにかあったとき、俺のマイワールドへの扉はマレイグルリに繋がるようにしておきたいからだ。

そして、扉が開くと同時に、ミリが現れる。

「おにい、もう着いたんだ。あ、綺麗。まるで東尋坊みたい」

さすが兄妹、思ったことが一緒だった。

「じゃ、いっちょ行きますか。距離を稼ぐために、大きくお願いね」

ミリはそう言うと、俺の背中に飛び乗った。

いくら小柄とはいえ、中学生の女の子がそんな風に飛び乗るもんじゃないだろ。

俺はミリを背負ったまま、ハルと一緒に崖の先端に行く。

崖の下を見ると、激しい波が打ち付け、崖の下部を浸食していた。

途端に、補強もなにもされていないこの場所がひどく不安に感じる。

「そうね、あそこにちょっと出ている白い岩の向こう側、五メートルくらいの場所に跳べる？」

ここから二十メートル以上先だ。

走り幅跳びの世界記録が何メートルかは知らないが、高低差を考慮したとしても、陸上の金メダリストですら不可能な提案を当然のようにしてくる。

「では、ご主人様。一緒に参りましょう」

「ハルも一緒に跳ぶのか？　俺ひとりで行ってから眷属召喚で呼べばいいんだぞ」

「ご主人様ひとりを危険な目に遭わせられません」

「ハルワ、おにいひとりじゃなくて、私もいるの忘れてないよね」

「申し訳ありません、ミリ様」

忘れていたんだな。

でも、まぁ勇気が出てきた。

「よし、じゃあ一緒に跳ぶか」

「はい」

俺とハルは後ろに十メートルほど下がると、目で合図を送って頷き、同時に走った。

踏み切る場所を間違えたら三人揃って崖の下に真っ逆さまだというのに、俺とハルは、まるで遊園地のオープン直後に園内に入り、目的のアトラクション目がけて進む小学生のような気分で走った。

そして、崖の上から盛大にジャンプをする。

マイケル・ジョーダンをも遥かに上回るであろう盛大な跳躍を見せた俺とハルは、放物線というには緩やかな弧を描き、そのままゆっくりと落ちていく。

ミリが俺の背中から海面に向かって手をかざした。

すると、突然目の前に大きな帆船が現れた。

ピオニアが新たに作った帆船をミリが収納していたのだ。

その甲板に、俺とハルは着地する。

「しかし、こんな無茶しなくても接岸できる場所があるんじゃないのか？」

「このあたりはこんな崖が多くて、接岸できるような場所にはたいてい港が作られているの。さすがに無許可で港を使用することはできないし、許可を取るのは面倒だし、それになにより、おにいにとってこの程度余裕だったでしょ？」

まぁ、さっきは崖からの盛大なジャンプという経験に対して思うところはあったが、実際に跳んでみれば余裕だった。というより、少し楽しかった。

「しかし、ミリの異次元収納だっけ？　その空間魔法、でっかい物を出すときは便利だな」

「そうね。生ものも入れられるし。でも、仕組みはおにいのマイワールドと一緒なの」

「そうなのか？」

「うん。仕組みはほとんど一緒。もしも私が女神になったら、ほかの女神の空間やマイワールドとだって繋げることができるよ。おにいから許可シールもらったし」

女神になって許可シールをもらったら、そんなことができるのか。

てことは、俺がトレールール様に許可シールを発行したら、いままで通り勝手に出入りできるだけでなく、マイワールドにある物を勝手に持っていかれてしまうのか。

よし、トレールール様には頼まれても許可シールを渡さないようにしよう。

引きこもりスキルを使い、航海に慣れているシーナ三号とニーテ、さらにキャロとフルートを呼んだ。

「大海賊時代デス！　キャプテンシーナについてくるデス！」

海賊のコスプレをしているシーナ三号（まるでダイジロウさんみたいだ）は、いつにも増してテンションを上げて言った。

「誰がキャプテンですか、シーナさん。船長はイチノ様に決まっています」

「遊んでないで出航の準備を手伝って」

キャロとニーテがシーナ三号に対して冷たい視線を向けながら、準備を始めた。

それぞれ、いつものメイド服とドレスではなく、動きやすいズボンとシャツ姿だ。

「私もここにいていいの？」

フルートが、いつも通りの修道服を着て、俺に尋ねた。

彼女はマレイグルリではすでに死んだことになっている。

そして、マイワールドの秘密を知ってしまった以上、マイワールドの存在を秘密にしておくという女神様との約束のせいで自由にはさせられなかった。

「まぁ、マレイグルリじゃお前の顔は結構知られているけど、ここだと大丈夫だし、海の上ならさすがに逃げられないだろ？」

「私、意外と泳ぎ得意だよ」

フルートはそう言って甲板の柵から身を乗り出し、そしてすぐに引っ込めた。

「なんて嘘。本当は泳ぎ方も知らない。川遊びとかもあんまりできなかったし。それに、疲れて魔法が切れたら、隠していた角や翼が見えちゃうもの」

そう言ったフルートの頭には黒い角が、背中には黒い翼が現れた。

「まぁ、せっかくだし気分転換させてもらうかな。あ、船酔いしそうになったら戻してね」

フルートはそう言って、船の後方部に向かった。

いちおう見張りとしてニーテがついていくが、捕まっていた悪魔族が教会からの脱走に成功した以上、彼女が無理に逃げ出すことはないはずだ。

しかし、いったいどこに逃げたんだろうな、悪魔族は。

フルートが言うには、悪魔族は隠れて過ごすことが得意らしく、一度逃げたら簡単には捕まらないだろうって言っていたので、俺も捜すのは難しいだろう。

「ここから一日で着くんだよな？」

「そうだね。明日の昼には目的地だね。それが終わったら、フロアランスの上級迷宮最下層で特訓するよ」

上級ダンジョンの最下層か。

まぁ、マレイグルリの上級ダンジョンも結構余裕だったし、大丈夫かな？

いい加減に真里菜たちとも合流しないといけないだろうし、女神様の影響が、どこまで各地の迷宮に出ているかも心配だ。

だからこそ、この一日という時間が少しもどかしくも感じる。

「おにい、慌てないでね。というより、体を休める時間はあっても、心を休めることができる時間は今日この一日くらいしかないんだから、少しはゆっくりしたら？」

ミリに言われて、俺の心は少しだけ落ち着きを取り戻した。

そういえば、昨日は考えすぎてあまり眠れなかったんだよな。

「この船って寝る場所はあるのか？」

「帆船内の家具の配置はニーテがしたのでそっちに聞いてほしいデス。あ、食料の補充はシーナ三号がしたデスよ！」

シーナ三号が舵を取りつつ俺に言った。

どうやら、ピオニアがするのは造船までで、そのほかはニーテとシーナ三号が担当したようだ。

「ニーテ、寝るところはあるのか？」

「大きいのがひとつだけあるぜ」

ニーテが意味深な笑みを浮かべた。

「あたしとシーナは一日中働けるから、多分、甲板から離れないと思う。フルートは――」

「私はしばらく潮風に当たってるわ」

フルートは甲板の後ろのほうで、手を振った。

「ということだから、おにいはゆっくり休んでいいわよ」

ニーテ、フルート、ミリがそれぞれ、なにか俺に気を使っている。

ミリは少し拗ねたような表情をしているが。

「では、私はミリ様のお世話を――」

ハルがそう提案したが、のけ者にされて拗ねていたはずのミリは、

「ハルワは休みなさい。キャロさんも」

「しかし、ベッドはひとつしかないのでは？」

ハルが純粋な質問をするが、キャロがハルの足をツンツンと指でつついた。

ハルが屈み、キャロが背伸びをして、こそこそと内緒話をする。

こういう話だけなら、キャロのほうがハルより精神的にお姉さんだな。

見た目は反対で、実年齢はほぼ同い年だけど。

あぁ、だいたいなにを話しているのか想像がつく。

「……ミリ様、よろしいのですか？」

「別に、休息は戦士の義務よ。肉体を休めるのも、精神を休めるのもね」

ハルの質問に、ミリはため息をついて答えた。

このように実の妹に見送られて寝所に向かうって、少し変な気分だ。

嫁を連れて実家に帰ったとき、家族が布団を並べて敷いているところを見た息子はそういう気分になるのだろうか？

「妹さん公認ということでよろしいですね」

「……キャロさん、あまり調子に乗らないでね」

「は……はいっ！　申し訳ありません、ミリさんっ！」

ミリに怒気を放たれ、ただでさえ小さいキャロがさらに縮こまって言った。

いちおう、俺がハルとキャロと結婚したら、キャロはミリにとって義姉になるはずなのだが、この状態だと、精神的な立場は完全にミリのほうが上になりそうだ。

ここは兄として、ミリにがつんと説教を――

「おにい、しっかり休んでね。明日まで疲労を残したら、ただじゃおかないから」

「……はい」

考えてみれば、日本でもミリのほうが立場が上だった気がしてくる。

ハルは最初からミリに忠誠を誓っているし、俺たち三人、一生ミリに頭が上がらないんだろうな。


ダブルベッドどころか、キングサイズのベッドが部屋にドンっと置いてある。

というより、部屋の八割をベッドが占めるって、インテリア的な欠陥を指摘せざるをえない。

それでも、ベッドの素材はいいものを使っているようで、布団は軽く、それでいて暖かい。

「これは気持ちいいな。なんの毛皮だ？」

俺はベッドの上に敷いている毛皮を撫でて言った。

この手触り、つい最近感じたような気がするが、いったいどこだったっけ？

そう考え、俺が答えにたどり着くとほぼ同時に、キャロが答えを教えてくれた。

「フェンリルの毛皮だそうです。昨夜、シーナ三号さんがイチノ様の使うベッドの素材を探していたら、ミリ様が用意してくださいました」

「……フェンリルが悲しそうに遠吠えを上げていたのを、私も遠くから拝見いたしました」

ハルはどこかフェンリルを憐れむように言った。

白狼族と白狼の王（フェンリル）、どこか通じるところがあるのだろう。

そういえば、俺も昨日の夜中に犬の遠吠えらしき音が聞こえた気がした。

フェンリルの巨体からしたらこのくらいの大きさの毛皮は、人間にとって十円ハゲ程度かもしれないし、皮まで切っているなら、回復薬で治療もしているだろうが、しかし布団のために刈られるというのは哀れだ。人間で例えるなら、筆を作るために髪だけでなく頭皮ごと剥がされるようなものだから。

そのフェンリルの遠吠えも、途中から聞こえなくなったので、ミリの異次元収納にしまわれてしまったのだろう。その証拠に、同じく異次元収納にしまわれていたこの船の甲板に白い抜け毛が落ちていた。

しまっちゃうおじさんならぬしまっちゃう妹だ。

哀れではあるが、それに見合うだけいい手触りだ。

感触を楽しむようにフェンリルの毛皮を撫でていると、ハルが俺の手に重ねるように自分の手を置いた。

「ご主人様、フェンリルの毛皮を撫でるのなら、私の尻尾も撫でてください」

ハルがいつも通り無表情で言ったが、その無表情の向こう側に少し恥ずかしそうにしている感情と、少し嫉妬を含んでいる感情が見て取れた。

ハルの感情読み取り検定があれば一級を取れるくらい、彼女の考えていることが尻尾を見なくてもわかるようになってきた。検定料を払うから取得できないだろうか？

そんなバカなことを思いながら、ハルの尻尾を少しだけきつく握った。

「うみゃ」

突然握られたことで、ハルはいままでに上げたことのないような声を上げた。

まるで猫みたいだ。

そして、俺はその手を少しだけ緩め、マッサージをするように揉んでいく。

最初の強い刺激で敏感になってしまったらしい彼女の神経は、いつも以上にハルに表情の変化をもたらした。

「ご主人様……少し……いつもより……」

「やめようか？」

「ご主人様が望まれるのなら」

こういうときは、やめないでくださいと言ってほしいが、彼女はあくまでも俺を立てるようだ。

駆け引き上手の男だったら、ここで手を緩めて、彼女が名残惜しそうにする表情を心のフィルムに刻み込むのだろうが、残念ながら俺は駆け引き上手でもなければ、彼女の尻尾の感触から一瞬でも離れたくなかった。

と、そのときだ。

「イチノ様、ハルさんだけでなくキャロの尻尾も撫でてください」

「なに言ってるんだ、キャロの尻尾なんて――」

あるはずがない――そう言えなかった。

なぜなら、俺の横にいたキャロの耳にはダックスフントみたいな垂れた犬耳が、そしてやはりふわふわの尻尾が生えていたのだから。

これはいったい――

「魅了変化かっ⁉」

「はい」

いつもは大人の姿に変化していたが、こんな使い方もあったのか。

俺は左手でハルの尻尾を撫でたまま、右手ではキャロの尻尾を撫でた。

柔らかい……なんだ、これ？

感触は犬の尻尾というよりも、ふわふわの羊の毛に近い。

やばい、いくらでも手が尻尾に吸い付いていく。見た目の感触とも大きく異なる。いったいこれはなんなんだ？　そうか、これはあくまでも幻影だから、実際の感触とは違う。逆に言えば、どんな感触でも表現できるのか。

「イ、イチノ様、そんなに揉まれたら……キャロはおかしくなりそうです」

さて、俺はいったい、本当はどこを揉んでいるのだろうか？

少し不安になりながらも、俺の両手の指は止まらない。

尻尾だけでなく、ふたりの獣耳もそれぞれ堪能させてもらった。

とはいえ、永遠という時間は存在しないらしく、

「それでは、次は私たちが――」

「キャロたちがイチノ様のマッサージを担当します」

攻守交替となった。

俺には当然尻尾はないので――

「なにこれ、新しい性癖に目覚めそう」

ふたりの美少女にそれぞれ両耳を揉まれるという新しい体験。

耳掃除はしてもらったことはあるが、耳のマッサージは初めてだ。

というか、日本人で初めて耳のマッサージを受けているといっても過言ではないのではなかろうか？

「ミリさんから伺いました。耳のマッサージは自律神経を整え、不調や倦怠感に効果があるそうで、リラックス効果もとても高い。イチノ様の生まれた世界でも比較的よく行われるマッサージだそうですね」

キャロがミリからの受け売りを俺に語って聞かせてくれた。

日本人初は過言だった。過ぎた言葉で、恥ずかしくなる。

「なるほど、ご主人様が先ほど私たちの耳を重点的にマッサージしてくださったのは、私たちをリラックスさせてくださるためだったのですね」

ハルが納得したが、全然違う。そんな効果、初めて聞いた。

しかし、確かに耳をマッサージされるというのは気持ちいいものだ。

このままゆっくり眠ってしまいたくなる。

そう思ったとき――

「はうっ」

俺は思わず声を上げた。

キャロが右耳を甘噛みした。

「ほあ、はうはーほ」

キャロが俺の耳を噛みながら言う。

「ほら、ハルさんも」と言ったのだろう。

ハルは少し恥ずかしそうにしながらも、俺の横に近付き、

「失礼します、ご主人様」

ハルが俺の耳を軽く噛んだ。

ハルはキャロよりもかなり噛む力を抑えているが、犬歯が鋭いため、刺激が強い。また、中途半端に口が開いているためか、隙間から漏れていくハルの吐息の一部が耳の穴に入っていく。

キャロの奴、俺が寝そうになったのを見計らってこんなこと始めて――これじゃ眠ることなんてできるはずがない。

「沈黙の部屋（サイレントルーム）」

俺は防音の魔法を唱えた。

眠れないのなら仕方がない。それなら別の方法で心をリラックスさせるだけだ。

すべてが終わってから、四時間ほど眠りについた。

潮風を浴びようと甲板に上がると、外はすっかり夜になっていた。

暗視スキルがなかったら怖くて歩けないだろう。

甲板の上で星空を見上げていたミリを見つけたので隣に座ると、

「ゆうべはおたのしみでしたね」

彼女はどこかのゲームのセリフみたいなことを言ってきた。

どこか感情を押し殺したような声で。

「なにをいっているんだただきゅうけいしていただけだぞ?」

動揺が隠し切れず、かなり棒読みになってしまった。

落ち着け俺。

証拠はなにも残っていない。

浄化(クリーン)の魔法は完璧だ。使いすぎて、いまでは、一回の魔法で部屋全体を証拠隠滅――もとい綺麗にすることができる。

いくらニーテとミリに誘導されたからといって、こんな状況でなにしてるんだ?　って言われたくないからな。

「晩ご飯の準備ができたからニーテが呼びに行ったのに、誰ひとり反応しなかったって聞いたけど？　まるで完全防音の部屋にいるみたいに」

「……あぁ、すっかり寝入ってしまっていて気付かなかったようだ」

部屋にカギをかけておいて本当によかった。

まぁ、寝てたのは本当だしな。

多分、晩ご飯に呼ばれたであろう時間はまだ起きていたと思うけど。

「まぁ、疲れは取れたみたいね」

ミリはそう言ってため息をついた。

そういえば、ベッドはひとつしかないんだよな？

ミリ、寝てないいんじゃないか？

「おにい、なにしてるのよっ！」

「なにって、耳のマッサージ。お前がキャロに教えてあげたんだろ？」

俺はミリの後ろに回り、両耳をマッサージすることにした。

「ちょっと……さすがに兄妹は……ダメなんだよ？」

なにを言ってるんだ？　こいつは？

昔は耳掃除だってしてあげたことがあったのに、耳のマッサージがダメとか意味がわからない。

「ほら、リラックスしろ。お前だって疲れてるんだろ？　スタミナヒールっと」

体力を回復させる魔法をかけつつ、ミリの耳のマッサージは続けることにした。

小さい耳だが、しかし子供だった頃に比べたら少しは大きくなっている気がする。

そういえば、ミリの耳掃除なんて、もう長いことしていないな。

「耳掃除、長いことしてもらってないね」

「さすがに揺れる船の上ではできないぞ」

「わかってるよ。してもらいたいって言ってないし」

ミリはそう言うと、

「おにい、そこに正座っ！」

「はいっ！」

急に大声で言われ、俺は条件反射のように正座をしてしまった。

すると、ミリはその俺の膝を枕に横になった。

「耳掃除はしなくてもいいけど、膝枕なら別にいいでしょ」

「……でも、なんで？」

「これが兄妹の限界よ。おにい、私の前世の日本でのこと、話したっけ？」

「ええと、お前がかぐや姫の元になったって話か？」

「うん。竹取物語はあくまで私だったかぐやの話を元にした創作で、そもそもかぐやに関する正しい記憶は、かぐやがアザワルドに転移した時点で消失してるんだけどね」

それでも僅かに残っていた記憶や記録から創作されたのが、竹取物語だとミリは語った。

「でも、いくつか真実も交じっていたの」

「まぁ、かぐやって名前も残ってるくらいだしな」

「そう。たとえば私が絶世の美女で人々から愛されていたってところ」

それはボケたつもりなのだろうか？

それとも本気なのだろうか？

触らぬ神に祟りなし、触れないでおこう。

「ひとつは、かぐやが帝と共になったというところ」

そういえば、前世のファミリス・ラリテイは生娘じゃなかったって聞いたことがあるな。妹が兄より千年以上も前に大人の階段を上っていたというのは少しショックだ。

「あ、勘違いしないでよ。かぐやと帝はプラトニックな関係だったんだから。まだキスさえしてなかったのよ？」

「え？　そうなのか？」

「うん。私って巫女としての力が強かったでしょ？　でも、巫女って処女じゃないと力が出ないの。だから、私が巫女でいる間はそういうことはなにも、ていうかキスもしてないし」

「……じゃあ生娘じゃないってのは？」

「私がそう女神に言ったの。自分の心さえも偽って。一種のプライドね」

男が「童貞じゃないやい」って言うようなものか。

ミリにもそんな時代があったのか。

「でも、なんでそんな話をいまするんだ？」

「かぐやはアザワルドに飛んでからもずっと、帝を思い続けていたの。そのために地球に戻る研究を進め、魔神に関する手がかりを見つけ、そして……勇者たちと取り引きをした」

魔神の力を使って、記憶を残したまま帝の傍に転生したいって。

「恋は二年で覚めるなんて嘘ね。千年以上経っても私は帝のことが好きだった。私を簡単にあきらめて陰陽師に差し出すような帝なのにね。だから私は勇者から取り引きを持ちかけられたとき、それに応じたの。メティアスの力を使えば、魂を保持したまま地球に転生されるって。もっとも、メティアスは封印されていたし、魔神になっていただなんて思いもしなかった。私の知っているメティアスは、かなり生真面目な女神だったもの。後任のトレールールなんて比べものにならないくらいにね」

そりゃ、トレールール様と比べたらほとんどの女神は真面目に見えるだろうな。

メティアスが魔神になったことは知らなかったが、しかしメティアスについて調べてはいたらしい。その調査のため、ファミリスはヨミズキにいる羊頭族にメティアスの女神像の保管を頼んでいたそうだ。

「袖触り合うも他生の縁――前世で結婚の契りを結んでいた私なら、確実に帝の魂を持つ人の傍に転生はできるだろうって勇者は語ったわ。ただ、どのような形で出会えるかはわからない。もしかしたら帝は女性に生まれ変わっているかもしれないし、老い先短いお爺さんかもしれない。そもそも、帝は綺麗に私のことを忘れているのは確実。それでも、私は帝の傍に行きたかった。だから、勇者に教えたの……地脈に溶け込んだ瘴気を取り出して、迷宮から魔物を生み出す方法を」

「――っ⁉」

ファミリス・ラリテイは、瘴気が女神像を通って地脈に流れ、浄化された力が地球に戻るという一連のエネルギーの流れについて研究をしていたらしい。

その研究の一部が、シーナ三号が管理していた人造迷宮なのだと語った。

あの場所は無人島にしては瘴気が多く、だれにも迷惑をかけずに研究をするには最適だったそうだ。

「あそこでは結構ひどい実験もしてたのよ。たとえば、人造迷宮に集めた瘴気を凝縮してから浄化したら、エネルギー爆発が起こって地球に戻ることができるんじゃないかってね。その実験は見事に失敗し、近くにいた海竜に瘴気が憑依しちゃって、レヴィアタンという化け物に作り替えちゃったこともあったの」

レヴィアタンはファミリスの実験の失敗作だったのか。

瘴気に侵食されたテト様を見て、ミリが「ひどいことになってるわね」と言ったとき、ライブラ様が「あなた、かつて自分がしたことを忘れたの？」と強い口調で窘めた。

それは、海竜を化け物に作り替えてしまったことを指していたのか。

「勇者は言っていた。平和になった世界で、復興のために、魔石の力が必要だと。女神像から魔物を生み出し、それを退治することで魔石を生み出し、それをエネルギーにしたいと。だから私は教えてしまった」

そして、ファミリス・ラリティイは殺され、楠ミリとして新たな生を受けることになった。前世の記憶を残したまま。

それが、魔神となっていたメティアスの力によるものだと知らずに。

「ダキャットで魔物が大量発生したと聞いたとき、私はてっきり魔王城に隠した研究の資料を発見した誰かが悪用しているのだと思った。処分するように命じたはずだけど、もしかしたらその部下が持ち出したのかもしれないと。でも、違った。ダイジロウが教えてくれたの」

「ダイジロウさんは全部知っていたのか？」

「まぁ、そうでしょうね。あいつも私と同じで日本に戻ることが目的だったから、メティアスの力を使って、記憶と魂だけでも日本に戻せるのなら見てみたかったらしいわ。ただ、勇者やメティアスと決定的に違うのは、ダイジロウはこの世界を滅ぼすまではしたくないってところ。そのせいで、勇者とは決別したみたい。といっても、勇者を止めるつもりなんて全然なくて、勇者の力によって魔神が復活し、活動を始めたどさくさに紛れて日本に転移するつもりみたい。そのために、あいつもいろいろと裏で動いていたみたい」

「そのダイジロウさんは東大陸に向かって、なにをしてるんだ？」

「おにいは、サラマンダーを復活させて、それをセトランスに捧げたでしょ？　それと同じように、東大陸に封印されているウィンディーネを復活させて、ライブラの力にするみたい。このまま女神が押され続けたら、さすがにヤバイことに気付いているから」

同じく、西大陸に封印されているノームの力をコショマーレ様が、北大陸に封印されているシルフの力をトレールール様が、それぞれ自分のものにしようと動いているらしい。

メティアスたちが残り三柱の魔神を揃えるまでが勝負なのだそうだ。

「話は逸れたけど、そういうことなの。私には今回の事件を止める責任がある。私がこっちの世界に来たのも、おにいのためというより、自分の責任を果たすためなんだから」

それは嘘だ。

ミリは、こっちの世界に来るまで自分が勇者に渡した情報がどう使われているかなんて知るはずもなかった。

俺のためにこっちの世界に来たのは明白なのに、優しい嘘をつく妹だ。

「だから、もしも失敗して私が女神になったとしても、おにいは責任を感じることはないって言いたかったの。というより、多分私は女神になると思うから、先に言っておこうかなって思って」

「多分女神になるって、そんなこと言うなよ」

俺が失敗する可能性が高いみたいじゃないか。

しかし、これもミリなりの心遣いなのだろう。

そういえば、肝心の話を聞くことができなかった。

「ミリ、お前は帝の生まれ変わりに会うことができたのか？」

「そんなのわかるわけないよ。人間の前世なんて簡単に調べられるはずがないし、そもそも生まれ変わっちゃったらなんかどうでもよくなったし」

「そういうものなのか？」

「そういうこと——本当になんのために生まれ変わったのかって感じよね」

ミリはそう言って、俺の膝の皿の部分をぐりぐりと押した。

地味に痛い。

「全部終わったら、耳掃除をしてよね」

「耳掃除だったら、陸地に上がってからでも——」

「バカにい。そういう楽しみがあったら、ミリは頑張れる、って言ってるのがわかんない？」

ミリは反動をつけて起き上がりながらそう言った。

俺の耳掃除をそんなに楽しみにしている理由はわからないが、言っていることはわかる。

「そうだな。全部終わったら皆でウナギを食べたりバーベキューをしような」

「……うん」

ミリはそう言って空を見上げた。

俺も釣られて見上げると、文字通り月並みな表現ではあるが、大きく欠けた月が笑っているように見えたのだった。

◆◆◆◆◆

翌日の昼前に、目的の無人島が見えた。

結構大きな島だが、人が住んでいたような気配もない、手つかずの秘境の島という感じだった。

ただ、大昔、海賊たちがこの島を拠点にして暴れていたらしく、島を探索したら海賊たちが作った建物も残っているらしい。

そんなものに興味はないし、調べる時間もないが。

目的の洞窟に行くには南側の砂浜から上陸したほうがよさそうなので、そちらに船を回した。

島に上陸する前に、フルートにはマイワールドに戻ってもらう。キャロも一緒に戻るように言ったのだが、同行を希望したので一緒についてきてもらうことになった。

小船を下ろして全員でそれに乗り込むと、帆船はミリが異次元収納した。

空間魔法はアイテムバッグと違って、大きい物を入れるにはとても便利だ。

小船を使って島に上陸し、小船も収納する。

整備されていない砂浜には、流木や海草などが流れ着いていた。その流木の空洞には、フナムシのような生き物が見えて、俺は少し顔を引きつらせた。

苦手なんだよな、フナムシって。

「ミリ、目的の場所はどこなんだ?」

「この先の洞窟の中」

ミリはそう言って、島の森の中に入っていき、俺たちもそれについていく。

「でも、なんでこんな島に隠したんだ?」

「詳しく説明すると、世界中に地脈の溜まり場っていうのがあってね。この島は、レヴィアタンを封印し、実験場にも使った例の島と同じかそれ以上に瘴気が濃いのよ。近くに迷宮もないものだから瘴気が放置され放題なの」

　それがなくなったら、島には瘴気があふれ放題になるってことか。

　あれ？　でも瘴気を浄化するのは女神様の仕事なんだよな？

「なんで女神様はこの島に迷宮を作らないんだ？」

「人が住んでいないからね。迷宮を作っても今度は魔物が迷宮からあふれる。私が作ったような人造迷宮を作るにも、維持管理をする者が必要になるし、結構手間でね」

　交易船などの航路の途中にある島などには迷宮があり、教会の迷宮騎士が定期的に魔物を退治するそうだが、こんな遠い島までは手が回らないらしい。

「シーナ三号みたいな機械人形（オートマタ）に任せればいいんじゃないか？」

「機械人形（オートマタ）を一体作るのにも、珍しい素材が大量に必要になるし、それ以外にも金貨にして五万枚くらい必要になるのよ」

「え？」

　金貨五万枚って、日本円で五百億円くらいか？

　俺は振り返ってシーナ三号を見た。

「シーナ三号を熱く見つめてどうかしたデスか？　マスターもシーナ三号の魅力にメロメロデスか？」

　シーナ三号が照れるように、頬に自分の手を添える。

　これが五百億円……？

「ニーテ、ホムンクルスって作るのにどのくらいお金がいるんだ？」

「ん？　いや、ホムンクルスは、テト様が仕事に集中するために作ったからな。お金は必要ないぞ」

なんと、シーナ三号より優秀なホムンクルスがゼロ円プライスとは。

さすが女神様だ、コスパが全然違うな。

「ただし、百年くらい時間が必要だって言っていたな。魔力に自我を与えるために、魔力を変異させるのは、落ちてくる水滴が石に穴を開けるくらい、根気が必要なんだそうだ。しかも、一度に一体しか作れないって」

そんなに時間がかかるのかっ⁉

てことは、ピオニア、ニーテ、シーナ三号合わせて三百年分になる。

三百年前っていったら、日本では江戸時代の前期か中期くらいか？

将軍が暴れん坊をしている時代だったはずだ。

そんな時代から作りはじめて、ようやく三人が生まれてくるというわけか。

コスパは桁違いだが、時間対効果でいえばむしろ悪い気がしてきた。

女神様の名前を出せば、信者から五百億円くらい簡単に集められそうだし。

ただ、そうなってくると、迷宮を作って誰かに管理させろって、気軽には言えないな。

せめてこの場所に町でもあれば、迷宮を作ってもなんとかなりそうだが、町を作るのも大変そうだ。

「ただ、その瘴気のお陰で、私の力の源である宝玉を隠すにはうってつけなの。瘴気にうまい具合に隠れてね」

ミリはそう言って森の奥に進んでいく。

途中、少し開けたところに出て、目の前に洞窟のような穴があったが、ここはただの蝙蝠の巣となっている場所らしく、さらに奥に進んでいく。

獣道を進み、せせらぎのような小川を上った。

そこに、また洞窟を見つけた。

迷宮ではない天然の洞窟の中は暗い。

俺は暗視スキルがあるから大丈夫だが、皆のために光魔法を出すか——と思ったら、

「懐中電灯があるデス」

「あたしも持ってるぜ」

シーナ三号とニーテの胸が強い光を放った。

「なんで胸が光るんだよっ！」

「そりゃ、懐中電灯だからな。懐の中が光るのは当然だろ？」

そんな当然がまかり通ったら、懐中時計は胸が時計になってしまう。

胸が時計って、もう腹時計じゃないか。

「全身光ることもできるデス」

シーナ三号が言うと、体全体が発光を始めた。

こっちのほうがよさそうだ。

「ニーテも体全体で頼む」

「いいけど、燃費が悪いんだよな。マスター、あとで魔力の補給を頼むぞ？」

「ああ、好きなだけ補給してやるよ」

精神的に疲れて、俺は安請け合いしてしまった。

せっかく昨日の夜、ハルたちのお陰でリラックスできたというのに、こんなしょうもないことで精神的疲労を蓄積させたくなかった。

そんなバカなことをしながら、俺たちは洞窟の中を進む。

小川から少し水が流れ込んでいるせいか、洞窟の中はかなり湿度が高く、あちこちにキノコが生えていた。キノコといっても、赤かったり紫だったり、見るからに毒キノコだった。

採取人で覚えた植物鑑定で見たところ、案の定毒キノコだったので、これらは放置することにしよう。

さらに進むと、なにか強大な気配を感じた。

慎重に周囲を警戒する。

すると奥に巨大なドラゴンが寝そべっていた。

俺は条件反射的に魔法を放とうとしたが、ミリがそれを止めた。

「おにい、大丈夫。このドラゴンはキノコしか食べないおとなしい種族だから」

「でも、折れた剣とか落ちているぞ。こいつと戦ったんじゃ……」

剣だけでなく、この広場には明らかに人間のものと思われる物が落ちていた。骨までも。

「自衛のためでしょう。本人に戦うつもりがなくても、降りかかる火の粉は振り払わなければいけません。ドラゴンスレイヤーの称号を手にしようとする冒険者は大勢いますから。私もこんな事態でなければ、戦いたいものです」

ハルが悔しそうに言った。

俺は戦わなくていいなら戦いたくない。

ちなみに、称号といってもステータス情報に表示されるものではないから、それを手にしたからといってスキルを覚えたり、職業が解放される類いのものではない。

「ドラゴンは鱗、角、骨、肉、血、内臓、特に心臓はとても価値が高く、高値で取り引きされますからね。一攫千金を狙った冒険者の仕業かもしれません」

キャロがドラゴンを倒すメリットを俺に告げた。

そうか、キノコしか食べないおとなしいドラゴンなら狙い目だと思ったのだろう。

このドラゴンからしたらいい迷惑だ。

「そういえば、キノコがまだ残っていたな」

「キノコをあげるの？　匂いの強すぎるキノコならドラゴンが興奮状態になるからあげないほうがいいわよ」

「いや、匂いはそれほどじゃない」

ハルとキャロと三人で旅をして、野宿をすることになったとき、キャロが木の実と一緒に大量に集めてきたキノコだ。

「キャロ、少し分けてやっていいか？　このあたりにない種類のキノコだから喜ぶかもしれん」

「はい、もちろんです」

キャロの許可を得て、俺はアイテムバッグからキノコを取り出した。

すると、ドラゴンはゆっくりと目を開け、俺に近付いてくる。

「よしよし、食べたいんだな。ほら、食べな」

俺はそう言ってキノコをドラゴンのほうに放り投げると、ドラゴンは口を開けて受け止め、ムシャムシャと食べはじめた。

こうして見ると可愛く思えてくる。

象やキリンに果物や葉っぱを与えているみたいだ。

自分より遥かに大きな生き物が、自分の手から食べ物を食べるというのはなかなか気分がいい。

ミリが俺に攻撃しないように言った意味がよくわかる。

「おにいの職業が魔王になってから退治しましょう。そうしたら、経験値がたくさん入ってくるから」

「そんなのダメに決まっているだろっ！」

ミリの奴、俺にドラゴンを退治しないように言ったのはそんな目的だったのか。

こんな無害なドラゴン、殺せるわけがない。

ミリが「もったいない。もったいないお化けがやってくるよ」と言うが、殺せないものは殺せないのだ。

ということで、俺たちは洞窟のさらに奥を目指す。

「ここらへんは、なにもいないんだな」

魔物の気配がまったくしない。

「猫の子一匹いないデスね」

ニーテとシーナ三号は体全体を光らせながら言った。

このあたりになると、キノコすら生えていない。

「おとなしいとはいえ、ドラゴンがいる洞窟ですからね。そう簡単に獣は近付けません」

キャロの言う通りなのだろう。

俺だって強くなかったらドラゴンのいる洞窟になんて入りたくない。

「ミリ、それで宝玉の場所はこの奥なのか？」

「うん、多分その壁の隙間あたりに」

ミリはそう言うと、岩壁をぺたぺたと触る。

隠しボタンでもあるのか？　と思ったら、そんなことはなく、普通に岩壁の死角となっている隙間から宝玉を取り出した。

「……なんかあっけないくらい簡単に手に入ったな」

強力なボスとの戦闘くらい覚悟していたというのに。

じゃあここから帰るとするか。

「ミリたちは俺に掴まれ」

俺がそう言うと、全員俺に掴まる。

ハルとキャロはパーティ設定しているので掴まらなくても転移できるのだが。

「拠点帰還（ホームリターン）」

と魔法を唱えた……が、マイワールドに戻ることもなければ、誤ってマーガレットさんのところに転移してしまうなんて珍事もない。

なにも起こらなかった。

「魔法が発動しない？　ならハル、マイワールドの扉を開いてくれ」

とある理由で、俺は引きこもりスキルを使えないから、ハルに頼むことにした。

「かしこまりました」

ハルがマイワールドの扉を開こうとするが、やはり魔法が発動しなかった。

ニーテの脱出（エスケープ）も発動しない。まぁ、ここは迷宮じゃないから当然か。

試しにプチライトを使ってみても発動しなかった。

この洞窟に魔法を封印する力でもあるのか？

仕方ない、歩いて外に出よう。

そう思って歩きはじめたときだった。

気配を感じた。

気配探知のスキルによるものだ。

なるほど、魔法以外のスキルの効果はあるらしい。

ただし、ドラゴンの気配ではない。

「警戒しろ」

俺は皆に注意を促し、歩を進めると、そこに思いもよらぬ人物がいた。

「よぉ、久しぶりってわけでもないか」

男はそう言って面倒そうに頭を掻いた。

ハゲ頭の男――勇者アレッシオと一緒にいたハッグという名前の魔術師だった。

なんでこいつがこんなところにいるんだ？

「なんでこんなところにって顔だな？　お前たちを倒すために決まっているだろ。アレオの奴はあれでも勇者だ。お前らが現れたら正面から正々堂々と戦う。だが、お前らは女神四柱の力を借りているうえに、ひとりは元魔王だ。そのうえ、魔王の宝玉のうち、ふたつをその身に戻している。これ以上力をつけられたらかなわんからな。ここで潰しておこうってわけだ」

「そりゃ、勇者の仲間とは思えないほどの鬼畜な作戦だな」

それはむしろ魔王側の作戦だと思うぞ？

勇者が成長する前に、勇者が住んでいる村を襲ってしまえっていう感じだ。

「お前らがこそこそと悪だくみをしているからだろうが。アランデル王国で待っているってアレオの奴がわざわざ伝言を残したのに、こんなところに来やがって。天邪鬼か」

「こっちにも準備があるんだよ。勇者だって魔王に戦いを挑むのに、なんの準備もしないなんてことはないだろ？」

俺はそう言いながら、少しずつ距離を詰める。

大丈夫、相手は魔術師だ。

魔術の使えないこの場所じゃ、俺たちの敵じゃない。

「お前ら、俺がここで魔術を使えないから弱いって思ってるんじゃないだろうな？　この洞窟で魔法を使えないようにしたのは俺なんだぜ？　お前らを潰すくらい俺ひとりで十分だ」

そう言ってハッグが取り出したのは、魔札だった。

魔法が使えないこの場所でも、魔札は使える。

俺は飛んでくるであろう魔札に警戒して剣を構えた。

「違う、おにいっ！　そいつの狙いは私たちじゃないっ！」

ミリが言うのと、ハッグが魔札を投げるのは同時だった。

ハッグの投げた魔札が、洞窟の天井に向かって飛んでいく。

しまった。落盤を起こして俺たちを生き埋めにするつもりかっ⁉

そう思ったときだった。

三本の矢が飛んできて、そのうちの一本がハッグの投げた魔札に刺さった。

俺も魔札を使うからわかるが、魔札は文字が描かれている部分が破れたら効果を発揮しない。

「誰だっ！」

ハッグが振り返ったそこにいたのは、ララエルをはじめとしたダークエルフの精鋭たちだった。

「こっちはあんたたちと何年も戦っていたのよ、ハッグ。あんたなら、この絶好のタイミングを逃さないって気付いていたわ。あんたが単独でやってくるとは思わなかったけれど、暗殺者くらい送り込んできてもおかしくないって思っていたの」

「念のため、無人島に上陸したあとダークエルフたちを別働隊で待機させたんだ」

俺はそう言ってほくそ笑んだ。

無人島に上陸して森に入った直後、ミリに言われて鷹の目を使い、上空から島を眺めたら、不審な船が海岸に停まっているのがすぐにわかった。

そのため、ラララエルたちを呼んで見張りを頼んだ。

マイワールドの扉を俺が開かなかったのは、敵が仕かけてこなかったとき、ダークエルフたちが戻るための扉を残しておくためだ。

「さすが、千年以上も魔王の座に居続けただけのことはある。こうも簡単に策が読まれるとはな。だが、俺もそう簡単にくたばりは――」

ハッグはそう言って別の魔札を使おうとし、そして固まった。

「どうせ転移の魔札でも仕込んでいるんでしょうけれど、そんなの使えるはずないでしょ？」

「ミリ、どういうことだ？」

「スキル、魔王結界よ。よくゲームなんかで言うでしょ？」

ミリは威圧感を出して言った。

「『魔王からは逃げられない』って。魔王結界は、相手の逃亡する気力を奪うスキルよ」

「そんなスキルを覚えたのか？」

「二個の宝玉を取り込んでレベルが上がったときにね。ハッグ、罠にはめたつもりかもしれないけど、あなたにはいろいろと聞きたいことがある。ついてきてもらうわよ。言う必要はないと思うけど、逃げられるとは思わないことね」

「なるほど、魔王の力は弱ってはいるが確かってことか」

ハッグはそう言うと、腰に下げている鞄（おそらくアイテムバッグだろう）の中からなにか取り出し、握り潰した。

「ご主人様、強烈な臭いを感じます」

ハルが俺に警戒を促す。

「まさか、毒っ⁉　俺たちと心中するつもりかっ⁉」

「いや、空気中の毒なら、お前らの中には解毒できる奴もいるだろう。俺が普通に自殺しても、死体から情報を抜き出すスキルもあるかもしれない。だから、俺は退散することにしたのさ」

「逃げられないって言ってるでしょ」

「ああ、そうだったな」

ハッグがそう言った直後だった。

気付いたのはダークエルフだった。

「全員攻撃っ！　イチノジョウ様たちを守れっ！」

ララエルの号令でダークエルフたちがハッグの背後に向かって矢を飛ばす。

新しい敵かっ⁉

と思ったら、現れたのはさっきのおとなしいドラゴンだった。

ドラゴンは、ダークエルフの矢をもろともせずにこちらに向かって突撃してくる。

いや、違う。

攻撃してくるのではない、一目散にハッグを目指しているんだ。

この姿、まるで目の前のトマト目がけて走るケンタウロスのようだ。

まさか――

「お前――」

「話は以上だ。匂いに釣られてデカブツが来た――」

ハッグはそれ以上なにも言えなかった。

ドラゴンに丸呑みにされてしまったのだ。

ミリが言っていた。強烈な臭いを放つキノコはドラゴンを興奮させると。

おそらく、奴が持っていたのは、マツタケやトリュフのような匂いの強いキノコだったのだろう。

それも、あのドラゴンが好み、自分ごと丸呑みにするような。

ハッグはここに魔王の宝玉があることを知っていた。

当然、俺たちがここを目指す可能性にも気付いていたし、キノコ好きのドラゴンがいることにも気付いていたのだろう。

もしかしたら、あのキノコは自殺用ではなく、俺たちとドラゴンを戦わせるために用意したのかもしれないが、あの思い切りのよさからして、いざというときはキノコを使って自分の身をドラゴンに捧げることすら覚悟していたようだった。

「なんでそこまで……」

死んだら意味がないだろう。

「それだけハッグは本気だったってことよ。あいつは私たちを閉じ込めようとしたら、それこそ私たちと出くわす前に入口を破壊すればよかったの。わざわざ私たちと相対してから戦いを挑んだのは、自分の覚悟を示して私に伝えたかったのよ。勇者と魔神たちはここまでの覚悟でこの世界を守ろうとしている。お前たちにはここまでする覚悟はあるのか？　って」

その場に残った、使われなかった転移札を拾って、ミリは言った。

結局、魔王になるための無人島での出来事は、俺たちに大きなしこりを残す結果になった。

◆

ハッグを倒したことにより、魔法が使えるようになった俺たちは、ダークエルフたちとともにマイワールドに戻った。

あれだけ覚悟を決めたと思ったのに、覚悟が足りなかった。

少なくとも、ハッグの見せた覚悟には遠く及ばない。

俺たちが正しいと思って動いていることは、本当に正しいのだろうか？

少なくとも、メティアスとミネルヴァは、この世界に住むすべての人の魂を救済するために動いている。

この世界をいつか覆う災厄から守るために。

その目的を台無しにして、いま生きている人のためだけに動くのはいいことなのだろうか？

もしかしたら、俺は世界を災厄から守る最初で最後の機会を台無しにしているのではないだろうか？

「おにぃ、将来生まれてくる魂のために、いま生きている人を全員殺すって間違っているから。それは危険思想よ」

「わかっている」

頭ではわかっているが、心がついていかない。

「……ミリ、いまの魔王はなんで魔神と手を組んでるんだ？」

「知らない。知りたくもないし、いまの魔王が何者なのかもわからない。だけど、想像は付く」

「え？」

「おにぃは余計なことを考えなくていいの。ほら、さっさと魔王になっちゃいなさい」

そんな、「遊んでないで早くご飯食べちゃいなさい」みたいな感覚で言われてもな。

「そもそも、魔王になるってこの宝玉をどうすればいいんだ？　食べればいいのか？」

このまま食べるのは少し硬そうなので、圧力鍋で三時間くらい煮込みたい。

とか、冗談っぽいことを考えてみる。

軽口をたたいて、不安を吹き飛ばそうとしたのだ。

「食べるなら、まずはオレンジを丸呑みする練習からしないといけないけどやってみる？　ケンタウロスならそのくらいできそうね」

勇者たちが放置して、いまでもマイワールドに残っているケンタウロスは、本当に丸呑みしているのではないかと思うくらい、トマトを凄い速度で食べている。

「それでも力は吸収できるわよ」

「できるのかっ⁉」

「まぁね。普通はやらないけど、理論上は可能なはずよ」

「だったら普通の方法で頼む」

魔王の力を取り込もうとして窒息死とか、就職面接に行く途中に馬に蹴られて死ぬ以上に死にきれない。

「じゃあ、ついてきて」

ミリがそう言って俺を連れていく。

その先には、マイワールドで最初に作られた建物があった。ライブラ様が建てた天文台のような建物だ。

「どうしたのですか？」

中からライブラ様が現れた。

え？　魔王って女神様の力を借りるのか？

「別にあなたに用はないわ、ライブラ」

「女神様を呼び捨てにするな」

「……ライブラ様。用があるのはこの場所。ここはちょうどこの世界の中心地。ここでなら、魔王戴冠の儀式にぴったりだから」

「魔王戴冠の儀式ですか。しかし、ミリュウ、あなたはすでに魔王なのでは？」

「魔王になるのは、おにい――楠一之丞のほうよ」

ライブラ様はそれを聞くと、俺のほうを見てなにやら考え込む。

もしかして、魔王は女神と敵対するからダメなのだろうか？

胸の鼓動が高鳴り、変な汗が出てくる。

ただでさえ勇者、現魔王、魔神と、俺の敵は多いというのに、このうえ女神様たちまで敵に回したら四面楚歌どころの騒ぎでは済まない。

ライブラ様は一瞬目を閉じると、

「なにを考えているか、だいたいわかりました。彼ならいいでしょう」

と言って頷いた。

俺はほっと安堵の息を漏らし、ふと疑問がよぎった。

てっきり女神様たちは魔神対策をするために行動していると思っていたが。

「ところで、ライブラ様はここでいったいなにを？」

「この場所は世界の中心であると同時に、あなたが最初にこの世界に訪れた場所でもあります。そのため、アザワルドからの影響を強く受け、結果的に空間の綻びが強いのです。それを利用して、この世界を調べると同時に、ほかの女神の空間を調べるには最適なのです。ここからテトとミネルヴァの空間を調べていました」

そうか、直感的に天文台だと思ったが、まさに天上――神の世界を調べることができる建物だったというわけか。

「それで、なにかわかりましたか？」

「いいえ。もしかしたら彼女たちはどちらかにいるのかと思いましたが、ミネルヴァの空間はもぬけの殻。テトの空間は瘴気に満ちていて空間を保っているのが奇跡という状態です。いま、コショマーレ先輩とトレールールが浄化作業と同時に調査を行っていますが、メティアスたちはおそらくいないでしょう」

「となると、三柱は別の次元でも作ったのかしら？」

「別の次元なんて簡単に作れるものなのか？」

「作れるじゃない。私の空間魔法もあるし、アイテムバッグもある。三次元的な考え方をしていたら難しいけど、女神は四次元方向にも移動できるんだし、超ひも理論は言いすぎにしても、カルツァ＝クライン理論における五次元以上の時空が空間魔法によって仮定ではなく真実だと実証できた以上、潜伏先なんて無限にあるわ」

全然わからない。

中学レベルの物理で理解できる話をしてほしい。

「残念ながら、魔神全員が他次元に逃げたという可能性はありません。現在、世界中の十二カ所の迷宮から、魔物があふれだしている現象を観測しています。魔神の力を及ぼすには、迷宮と強い繋がりを持つ我々女神の空間、もしくは――」

「地上しかないってことね。オッケー、わかったわ。しかもメティアスが入れる女神の空間となったら、ここしかないものね」

よくわからないが、ミリが納得したのでそういうことなのだろう。

魔神は地上のどこかにいる。

そして、その最有力候補は、勇者が待っているというアランデル王国というわけか。

そうと決まれば、ますます俺が魔王にならないといけなくなる。

「ミリ様、お待たせしました。ダークエルフの皆さんに頼んで用意してもらいました」

「イチノ様にとてもお似合いだと思います」

ハルとキャロがミリに頼まれていたというものを持ってきた。

俺はそれを見て、目を疑った。

彼女たちが持ってきたものは、赤いマント、杖、そして王冠だったのだから。

戴冠式だからって、こんなの必要あるのか？

「おにい、王っていうのはひとりではなれないの。ひとりしかいない国に王はいない。将棋で王将だけだと勝負できないのと同じ。王は誰かに承認されて、初めて王になる。数千、数万人規模の人から賛同されることで、初めて魔王になれるの」

数千、数万って無理じゃないかっ！

マイワールドにいるのはせいぜい五十人だぞ？

「今回は裏技かな？　王権神授説を利用する」

「王権神授説？　ってあれか？　王様は神からその権利を受けているから、王の言葉は神の言葉だ。逆らうなっていう」

「ありていに言えばそうだけど、元はこっちの世界の特別な儀式にある言葉なの。つまり、神の許可をもらったものは、数人の見届け人をもって、王となることができる。そして、魔の力が備わったとき、その者は魔王となる」

そういえば、こっちの世界では王族は生まれたときから職業が王族だって話だったよな。

女神様に認められた職業だから、そんなに偉いのか。

「もちろん、形は大事。見届け人がしっかりとその人こそ自分たちの王だと認めないといけないんだから。そういう点では、ハルワとキャロが適任でしょ？」

確かに、ハルたちなら俺のことを王と認めるだろう。

「ライブラ様、力を貸してくれるわね」

「ええ、問題ありません」

ライブラ様の協力も取り付けた。

よし、なら早速――

「お待ちください。その戴冠式、私たちも見届けさせてください」

早速始めようとしたところに駆け付けたのは、ララエルをはじめ、ダークエルフたちだった。

「イチノジョウ様が魔王になるための条件を伺いました。我々も全員、見届け人となることを希望いたします」

どうしてそのことを？

いや、ハルとキャロは王冠や杖をダークエルフたちに作ってもらったって言っていた。となれば、当然この戴冠式のことは彼女たちにも伝わっているだろう。

ダークエルフ全員が片膝をついた。

これだけ大勢に見届け人になってもらえたら、魔王としても箔が付く。

喜んで受け入れようとしたとき、ミリは彼女たちを窘めるように言った。

「あなたたち、わかっているの？　魔王の戴冠の見届け人になるっていうことは、文字通り魔王の眷属になるってことよ？　ハルワとキャロはもともとおにいの眷属だから問題ないけど、そんなことになったら、あなたたちも魔王の眷属になるわ。しかも種族全員で魔王の眷属になるというのなら、今後生まれてくるあなたたちの一族もまた魔王の眷属になるの。何百年、何千年もあと、アザワルドの誰もがダークエルフの罪を忘れたとき、地上に戻ったあとも魔王の眷属である事実はステータスの中に刻まれる。そうなったら、普通の生活を送るのは難しくなるわよ？　魔王が悪だっていうのは教会の決めつけだけど、それでも社会の常識として浸透しているんだから」

それを聞いて、俺はギョッとなった。

ここにいるダークエルフたちだけなら俺が責任を取るつもりでいたが、未来永劫、今後生まれてくる一族全員となるとさすがに放ってはおけない。

「それはダメだ、ララエル。ここは俺たちだけで――」

「私たちは覚悟を持ってここにいます。我々の中にイチノジョウ様の眷属であるという称号が刻まれるのであれば、一族の誇りとなります。恥となることなど永遠にありません」

「……だそうよ、おにい」

俺はダークエルフたちを見回した。

全員が俺のことを信用してくれているというのか。

覚悟――その言葉が重く俺にのしかかってくる。

ハッグが見せた覚悟、ダークエルフたちが示した覚悟。

どちらも俺なんかのちっぽけな覚悟とは比べものにならない。

正直、眩しい。

「わかった。皆、俺が魔王になるところを見届けてくれ」

俺はそのちっぽけな覚悟を胸に抱え、キャロが持っていた赤いマントを羽織った。

前魔王であるミリの前に跪(ひざまず)き、彼女の唱える文言を聞きながら、俺は杖――王笏(おうしゃく)を受け取り、王冠を被せられる。

女神ライブラ様が持っているファミリスの力を封印したという宝玉から徐々に光が消えていき、俺の中に入っていく感じがした。

そんな光景を、ハルたち見届け人は固唾を呑んで見守った。

「あ、言うの忘れていたけど、戴冠式が終わると、自動的に第一職業が魔王に替わるから、無職にはもう戻れないよ。就職おめでとう、おにい」

重い空気の中、ミリが突然そんなことを言い出し、

【職業：魔王が解放された】

【第一職業が魔王に設定された】

と、俺はおそらく世界で初めて、無職から魔王に転職した男になったのだった。

アランデル王国の王都を一望できるアランデル山の展望台に、四人の影があった。

ひとりはかつて魔王ファミリス・ラリテイを倒し、この世界を救ったといわれる勇者アレッシオ。

ひとりは見目麗しき美幼女、その実はこの中で最年長の小人族（ミニヒュム）クインス。

ひとりは顔に傷のある白狼族の少女、タルウィ。

そして、最後のひとりは茶色い髪の活発そうな少女——カノンだった。

「いやぁ、君が来てくれて嬉しいよ、カノンさん。いや、悪魔族の魔王とでも言ったほうがいいかな？」

「またまた。まだ魔王じゃない、そのくらいわかっているよね？　勇者様」

そう、カノンは悪魔族ではあるが、魔王としての力——魔神に至るための力は覚醒していない。

「それにしても、まさか勇者様がこんなところでキャンプを張って生活をしているとはね。おてんとうさまでも見破れないいんじゃない？」

勇者アレッシオは、来るべきその日に備え、この展望台近くでテントを張って休んでいた。

「太陽はわからないけど、魔神様なら何度か接触してきたよ。ミネルヴァ様が言うには、テト様の魔神化が思っていたよりうまくいっていないみたいだよ」

アレッシオが他人事のように笑いながら言った。

「アレッシオ。その女は、もともとあちら側の人間なんだろ？　こちらの方法をペラペラ話して本当に大丈夫なのか？」

そう言ったのはタルウィだった。

先日の戦いの傷が完全に癒えていないのか、少しつらそうに木の根元に座りながら、カノンを睨みつけた。

「そんなこと言ったらダメだよ、タルウィ。大丈夫だ、彼女は自分の目的のために魔神の力が必要なんだ。裏切るなんてありえないよ。だからこそ、メティアス様は声をかけたんだ」

「ふん、勇者といい魔神といい、人の弱みに付け込むのが得意なことだ」

クインスはそう言ってそっぽを向いた。

彼女もまたアレッシオに協力などしたくはない。

だが、クインスは知っていた。もしもクインスがこの場を離れるようなら、彼はこう言うだろう。

自分に従わないのなら、もうひとりの夢魔の魔王候補を連れてくるしかないと。

その力を持っているのは夢魔の女王としての力に覚醒したキャロルしかいない。

彼女が簡単に勇者に従うはずはないが、しかし、彼女が危険な目に遭うのは間違いない。

彼女に自分の重責を担わせられないクインスは、自害することも逃げることもできない。

それにしても――

クインスは周囲を見た。

いちおう、タルウィは勇者に忠誠を誓っている。それは彼女の種族の本能ともいえる。だが、彼女がここにいる目的は忠誠ではなく戦闘だろう。

ここにいる目的のその大半は、イチノジョウともう一度戦うこと、ただそれだけだ。

もしも勇者と一緒にいることが戦いの足枷となるのなら、間違いなく彼女は勇者から離れていくだろう。

勇者の本当の仲間といえるのは、ファミリス・ラリテイとの戦いのときからずっとアレッシオと行動をともにしてきた魔術師のハッグだけだったが、その彼もいまはいない。

（仕かけるなら、いましかないか）

クインスは思い付いた。

勇者といっても人間であることに変わりない。

正攻法ならば、物攻値と物防値の違いのせいで刃物を使っても殺すことはできないだろうが、ほかの方法なら――たとえば毒物を使うなどして殺す方法はいくらでもある。

いまなら――と、立ち上がろうとしたそのときだった。

ツーンとした強烈な臭いが鼻を突いた。

振り返ると、そこには変な粘液に塗れたハッグが立っていた。

「どうしたんだ、ハッグ。その姿は」

アレッシオは笑顔で尋ねた。

「ちょっとドラゴンの胃酸のプールにダイブしてきてな。うまい具合に丸呑みにされたから胃の中に隠れて、隠し持っていたもう一枚の転移札で逃げ出すことができた。少しでも咀嚼されていたらお陀仏だったよ。とりあえず、俺の役目はこれで終わりだ。本格的に世界がやばくなるまでの間、どこかで湯治をさせてもらうとするか」

ハッグはそう言って、魔法で自分の頭上に水を生み出して全身に浴びた。

「あぁ、温泉に入りてぇ。北大陸に温泉で有名な村があったな。そっちに行ってみるか」

水を一度浴びても、染み付いたドラゴンの胃酸の臭いは消えるものではない。

浄化(クリーン)の魔法があれば話は変わってくるのだが。

「とりあえず、種は蒔いた。あとは任せるぞ、アレオ」

「わかってるよ、ハッグ。それと、クインスさん。残念だったね、ハッグがいないうちに俺を殺せなくて」

アレッシオはそう言って、横目でクインスに微笑みかけた。

クインスの企みはアレッシオにバレていた。

「さてと、そろそろメティアス様たちの準備も終わるだろうし、こっちも準備を始める……その前に」

　と、アレッシオはアイテムバッグから食材を取り出して言った。

「ハッグ、もう一度綺麗に体を洗ってきてから夕食の準備を頼むよ。今日はダイジロウが昔作ってた、ええと、テンプラだっけ？　それが食べたいな。休暇に入る前に作っていってよ」

「そんなに油がねぇよ！」

「じゃあ……ええと、エビフリッターだっけ？　それでいいよ」

「エビフライな。同じだ、油がねぇ。肉とエビを焼いてやるからそれでも食ってろ」

　ハッグはそう文句を言いながらも、「油の代わりにパン粉の中の水分を一気に蒸発させることができれば、揚げ物と同じことができるんじゃないか？」と呟く。そして、アイテムバッグから桶を取り出し、今度はお湯を生み出し、女性たちの前で服を脱いで体を洗いはじめた。

　クインスは王都を見下ろし、どこにいるかわからない、かつての盟友であるミリに向かって思いを告げる。

（ファミリス、あまり時間がない。もたもたするんじゃないよ）

幕間　緊急SOS、ウィンディーネ捕獲大作戦

東大陸コール山脈に広がる樹海。

海賊のコスプレをした女性が岩陰に身を潜めていた。

ダイジロウである。

「しかし、困った」

ウィンディーネの捕獲をするためにここまでやってきたダイジロウだったが、思いのほか仕事は難航していた。

世界で最も透明度が高いといわれる泉の中にウィンディーネが封印されていると聞いたダイジロウは、その泉の水を全部抜くことにした。

すなわち、『泉の水をぜんぶ抜く大作戦』である。

本来ならポンプで全部抜くところだが、そんなことをしたらこの泉を水源にしている地元の村々に損害を及ぼすし、そもそも抜いた水を捨てる場所がなかった。

そこで、ダイジロウはアイテムバッグに重し代わりの鉄鉱石を何個も括り付け、開けた状態で固定して泉の中に放り込んだ。

亜空間であるアイテムバッグの中に、泉の水がどんどん吸い込まれていく。風呂の栓を抜いたような感じで渦を巻いて。

途中まで順調に水は減っていったが、しかしある程度水量が減ったところで止まった。

どうしたのかと思い、ダイジロウが泉に入ろうとした、そのときだった。

水面が大きく動いた。

アイテムバッグは生きている物を入れることができない。

たとえ、精霊であっても。

「まさか、これが全部ウィンディーネっ⁉」

数百トンの水の塊が泉の底から噴射し、空に舞ったのだ。

飛んでいった水は、女性のような形を作っていく。

その頭の部分に蒼い玉のようなものが見えた。

（あれがウィンディーネの核というわけね）

それがわかれば、このウィンディーネを弱らせれば、ライブラが勝手にこの水の大精霊の力を吸収してくれる。

ウィンディーネの弱点は、すでに研究済み。

ダイジロウはバズーカ砲のような筒の中に弾を込めて上空に放った。

その弾は上空に舞うウィンディーネに着弾すると同時に、その体の下半身部分が凍り付き、氷となった部分は音を立てて地面へと落ちていった。

水の弱点――それは冷気である。

弾丸に込められた氷点下百九十六度という極寒をも超えた液体窒素が、空を舞う水の精霊をも凍り付かせたのだ。まさに魔術と科学の戦いにおいて、科学が勝利した瞬間だと思った。

これをあと五発くらい打ち込めば、ウィンディーネの核があらわになり、そこを攻撃すればいい。そう思っていた。

しかし、ダイジロウには誤算があった。

精霊というものは、エネルギーの塊のようなものであり、考えて行動する生物とは大きく異なる。

そう聞いていたし、そう信じていた。

だから、ウィンディーネが、拾っていたらしい泉の中に入れたアイテムバッグを開け、中から泉の水を取り出して崩れ落ちた体を補うだなんて思いもしなかった。

ウィンディーネの体は一瞬にして元通りになった。

「あぁ、面倒なことになった」

こんなことなら、麓の村なんて無視して水を全部抜いておけばよかったと後悔するが、時はすでに遅い。

ウィンディーネは指の先から水の弾丸を飛ばしてきた。

かろうじて避けるも、その弾丸は地面や岩をも貫通している。あんなのまともに喰らったら、ただでは済まない。

水の力を舐めていた。

「これって、もしかしたら魔王と戦ったとき以来のピンチかもね」

ダイジロウはそう言って、液体窒素の入った弾を放つ。

着弾し、ウィンディーネの体が凍り付いて落ちるも、やはりさっきと同じ。

体はすぐに元通りになる。

「あぁ、面倒っ！」

なにか方法はないだろうか？

ダイジロウは困ったことになったと言いながら、岩陰に隠れて考える。

このまま逃げることも考えたが、しかし、こちらから喧嘩を売った相手であるウィンディーネが見逃してくれるだろうか？　封印を解いてあげたんだから、ちょっと攻撃したことくらい許してほしいと思う。

彼女は嫌な気配を感じて横に飛び退いた。

と同時に、大量に伸しかかった水の圧力で岩が粉々に砕けた。

巨大な水の力は凄まじい。

「そういえば、なんでウィンディーネは全部の水を使って巨体化しない？」

いや、そもそも水を自分の体に取り込むことができるのなら、なんでウィンディーネは泉に封印されていた？

自分の体として取り込めるのなら、泉の水はなんの封印の役割も果たさないはずなのに。

実は封印されていなかった？

それとも――

「そういうことか」

ダイジロウは次の弾を込める。

本来なら使うことはないだろうと思っていた弾だ。

「狙うは水の補給元のアイテムバッグ」

ダイジロウは狙いをアイテムバッグに定めて弾を放った。

弾はまっすぐ目標目がけて飛んでいったが、しかしアイテムバッグを守るようにウィンディーネが腕で防いだ。

腕の表面は一瞬で凍り付き、地面へと砕け落ちていく。

だが、アイテムバッグは無事だ。

ウィンディーネは失った腕の水分を補給するように、アイテムバッグを開けようとした、そのときだった。

突如としてアイテムバッグが激しく燃えたのだ。

「まさか、実験で最も厄介だった液体酸素がこんなところで役に立つなんてね」

ダイジロウはほくそ笑んだ。

液体窒素を作るとき、同時に空気中の酸素もまた液体化する。高濃度の酸素は火災事故を引き起こす。ダイジロウにとっては厄介なものだった。

だが、今回はそれが功を奏した。

液体から気体となった高濃度の酸素は、僅かな火種で激しい火災を引き起こす。たとえば、水に沈めるために重しとして付けた鉄鉱石が、ぶつかったときに生じる僅かな火花であっても。

一瞬にして燃えるアイテムバッグを前に、ウィンディーネは即座に自分の体で消火を試みるが、アイテムバッグがその機能を停止するほうが早かった。

亜空間に綻びが現れ、中に閉じ込めていた大量の水が一気にあふれ出し、ウィンディーネを呑み込んだ。

と同時に、ウィンディーネは巨体と化し、地面に落下していく。

巨大なバケツの水をひっくり返したかのような水が。

なぜ、このようなことになったのか？

それは人間と同じだ。

動かず食事を続け、体重が二百キロや三百キロに達した人間はどうなるか？

自分の力で動けなくなるに決まっている。

ウィンディーネが融合できる水の量には限度があり、誤って限界量の水と融合してしまった場合、自分の重みに耐えきれず、動けなくなる。

これはダイジロウにとって仮説であったが、しかしそれがいま実証された。

大量の水は、濁流となって流れていく。

まるで巨大な水たまりのように大きく広がったウィンディーネの中心に、ダイジロウは液体窒素の詰まった弾丸を放つ。すぐさまウィンディーネの核の周辺が凍り付いた。

これで、ウィンディーネの力を完全に封じることができた。

しかし、流れていく濁流の勢いは強く、このままでは麓の村が大惨事に見舞われるだろう。

「こちらは終わったようですね」

まるで、このときを見計らったのではないかというタイミングで、女神ライブラが現れた。

「少し遅いんじゃない？　なにか手が離せない事件でもあったの？」

「すみません、魔王の誕生を手伝っていました」

「それは一大事だ」

ダイジロウはそう言って、近くの木にもたれかかった。

ライブラは凍り付いているウィンディーネの中心地に向かって滑ることなく歩いていき、手を翳した。

その核がライブラの中に入っていく。

女神の力が増したのを感じた。

これで、四大精霊のうち二体が女神の力となった。

ライブラは手に入れた力を使い、濁流となって流れていく水を、まるで超能力でも使っているかのように操り、泉の中に戻した。

泉の中に収まった濁った水は、次の瞬間には綺麗な泉へと戻った。

とりあえず、麓の村が水害で滅ぶことはなさそうだ。

「これをミリュウから預かっています」

ライブラはそう言って、一冊の本を渡した。

それは、ミルキーが描いたＢＬ同人誌である。

女神からＢＬの同人誌を受け取るというのは、どこか竜を求めるゲームの裏ボスを倒してえっちな本を受け取る勇者みたいだと思ったが、しかし、この本はそれだけ重要なものだった。

楠ミリが日本にいる間、研究に研究を重ね、アザワルドから日本に戻るための座標計算を行った計算式がＡＲマーカーによって隠されている本なのだ。

それを読み取るためのアプリがインストールされたスマートフォンは、ミリから受け取ってアイテムバッグに入れている。

「私は一足先に、日本に戻る準備をさせてもらいますか」

ダイジロウはそう言うと、ひとり、飛空艇を停めてある場所へと歩いていき、ライブラもまた、ほかの地で大精霊を捕獲する女神たちの手伝いをするために姿を消したのだった。

第二話　魔王レベル300を目指して

職業が魔王に代わっても、頭に角が生えてくるとか、背中から翼が生えるとか、死んでも二度変身できるとか、そんな変わったことは起こらない。

強いて言えば、その肩書きが少し厨二っぽくて恥ずかしいくらいか。

ところで——と、俺は王笏を見る。

俺は、戴冠式の後片付けをしているダークエルフたちの指揮を執っていたラライエルに尋ねることにした。

「なぁ、ラライエル。この王笏ってなんでできているんだ？　とっても軽いんだが」

「そちらは我々ダークエルフ族に代々伝わる王笏です。詳しいことはわかっていませんが、代々族長が責任を持って預かっておりました」

「そんなものを俺が使っていいのか？　族長はラライエルだろ？」

「構いません。王笏は王が持つもの。魔王となられたイチノジョウ様が持たずに誰が持つことがありましょう」

そんなことを言われるとむず痒いな。

しかし、ラライエルもわからないのか。

金属鑑定で調べてみるが、なぜか鑑定できない。

「ご主人様、もしかしたらそれは金属ではないのでは？」

「え？　金属じゃない？」

どこからどう見ても、白金のような輝きを感じる。

「はい。微かに生命の力を感じます。もしかしたら、これは植物ではないでしょうか」

試しに植物鑑定で調べてみる。

【黄金樹の真木】

出た！

これ、黄金樹からできていたのか。

説明を見ると、この杖は黄金樹の中心、もっとも力が籠もっている部分なのだという。

そういえば、ララエルが言っていたが、黄金樹はなにも世界が生まれたときからずっと生えているわけではない。何度も生え変わっている。

これは、先代か先々代かはわからないが、昔の黄金樹から作られた杖なのだろう。

「ララエル、この杖を今度の戦いで使いたい」

この杖ならもう一段階上げられるかもしれない。俺の最強の魔法――世界の始動（ビッグバン）を、さらなる高みに。

「もちろん、イチノジョウ様のご随意に」

ララエルは俺の申し出を二つ返事で了承した。

「おにい、そろそろフロアランスに行くけど、どうする？　何人で行く？」

「俺、ハル、キャロ、ミリの四人でいいだろ。キャロは悪いけれど、情報収集を頼んでいいか？」

「はい、すべてキャロにお任せください！　頼まれなくてもイチノ様のために新鮮な情報を集めて参ります」

キャロが小さい胸に手を当てて言った。

「そう、じゃあハルワはしばらくこの子についていていてあげて」

「いえ、私もご主人様とともに」

「ダメ。おにいとハルワはパーティでしょ？　一緒に行動をすれば経験値が減ることになるの。おにいに迷惑をかけるつもり？」

そう言われて、ハルは引き下がらざるを得なかったようだ。

パーティから抜ければいいだけの話かと思ったが、どうもハルは眷属として設定されているせいで、パーティから外れても一緒に行動すればパーティと同じ効果を持つらしい。

「じゃあ、フロアランスに戻るぞ」

拠点帰還（ホームリターン）でフロアランスに戻るには、自分の家がフロアランスにある女性を選択しないといけない。

リストにあるのは、ノルンさんとマーガレットさんか。

先日までマイワールドにいたノルンさんは、少し調べたいことがあるというので、一度フロアランスに戻ってもらって、ついでに真里菜の帰りを待ってもらっている。この時間だと家にいないかもしれないので、勝手に部屋に入ることになるが、そのあたりは許可をもらっている。

「じゃあ、先に行ってマイワールドを開けるから待っててくれ。拠点帰還（ホームリターン）、ノルン」

俺はそう言って魔法を唱えた。


忘れてはいけないのが、拠点帰還（ホームリターン）は生活魔法ということだ。

俺の中では生活魔法ではなく、性活魔法じゃないか？　というくらい、そういう事柄に多く使われる魔法であり、最初は送り狼になるための魔法かと思っていたが、実際はそうではないらしい。

「………」

「………」

なるほど、これは夜這いにももってこいの魔法だったというわけか。

俺は思考を逃避させるように、拠点帰還（ホームリターン）の使い道を考えた。

裸になって体を拭いているノルンさんと、目が合っている。

ダークエルフたちよりは若干薄い、褐色の肌が水に濡れて煌めいていた。

「………あの、後ろを向いてもらっていいですか？」

「は、はい」

思わず固まってしまったせいで、凝視していたと勘違いされたかもしれない。

叫ばれるかと思ったが、ノルンさんは俺が思っているより遥かに冷静だった。

「すみません、本当に」

「いえ、拠点帰還（ホームリターン）を使ったのですよね？　だいたいわかりますし、事故のようなものです。それに、お兄さん……イチノジョウさんにはもう見られていますし……」

そんな簡単に慣れるものではないだろう。

ド○えもんに出てくるし○かちゃんだって、お風呂に入っているところを何回覗かれても、

「キャー、の○太さんのエッチ！」と怒っている。というより、毎回覗かれているからこそ本気で怒る。慣れたりなんてしない。

ノルンさんは口では許してくれているが、本当は怒っているんじゃないだろうか？

「ええと、お詫びに今度、なにかご馳走させ――」

「本当ですかっ！　ぜひっ！」

ノルンさんは食いぎみに返事をした。

あれ？　そんなに外食したかったのかな？

マーガレットさんの料理はかなり美味しいと思うんだけど。

「あ、すみません。服を着ましたので、もう大丈夫です。そうだ、マリナさんから連絡がありました！」

「えっ⁉　本当に⁉」

「マリナさんは、カノンさんと一緒に教会を調査していたらしいですが、数日前にカノンさんが突然姿を消したそうなんです。マリナさんは必死にカノンさんを捜しているそうで、もしもフロアランスにカノンさんが来たら連絡してほしいとのことです」

「カノンが行方不明？」

真里菜の心配をしていたが、カノンのほうが行方不明って、いったいどういう状況なんだ？

「カノンは無事なのか？」

「すみません、わかりません。マリナさんの隷属の首輪もすでに外されているそうなので」

「そっか……まぁ、大丈夫だと思うが」

フルートが言っていた。

悪魔族というのは隠れるのが上手な種族だと。

なにかの事件に巻き込まれたとしても、きっとうまくやってるさ。

「それと、お兄さん。いい話もあるんです。確認が取れるまでお兄さんにも黙っていたことなんですが」

ノルンはそう言って笑みを浮かべた。


キャロはハルとともに情報収集を始め、そして俺とミリ、ノルンさんの三人はフロアランスの郊外にある、とある牧場に向かっていた。フルートを連れて。

その牧場は現在規模を拡張している真っ最中だった。

なんでも、最近になって移民希望者が殺到し、その全員が牧場に就職。

いまの手狭な牧場では大人数を雇っても採算が取れないため、羊のような毛皮を取れる動物を飼って、新たなフロアランスの産業にしようとしているらしく、全員大忙しだった。

だが、そんな彼らの作業の手が止まったのはすぐのことだった。

「フルートちゃん！　フルートちゃんなのかいっ！」

杭を打ち込んでいた中年の男性の手が止まり、フルートに駆け寄った。

男性だけではない。多くの人が作業を止めてフルートを囲むように集まってきた。

「マウロおじさん！　それにラテおばさんも！」

フルートもまた、駆け寄ってくる人たちに涙を浮かべて近付く。

「ノルンさんからフルートちゃんの話を聞いてね。死んだって聞かされていたけど、無事だったのかい？」

「うん。あの人に助けてもらったの。おじさんたちも無事で本当によかった」

フルートは手と手を取り合い、涙ながらに再会を喜んでいた。

彼らは先日、突然この町に移住してきたらしい。

しかも、その彼らを連れてきたのが、ジョフレとエリーズだったという。

ジョフレとエリーズが指名手配されたことを知ったとき、もしもふたりがフロアランスの町に戻ってきたら、どうか捕まえないであげてほしいとノルンさんにお願いしていた。

そのふたりが大勢の人を連れて現れたらしい。

ノルンさんはジョフレとエリーズが悪魔族と一緒に脱走したことを聞いていたから、ピンと来たんだそうだ。

「そうならもっと早く教えてくれたらよかったのに」

「すみません。ぬか喜びさせる結果になったら申し訳ないと思い、言えなかったんです。でも本当によかった」

ノルンさんも自分のことのように喜び、もらい涙を流していた。

本当ならマイワールドのことを知ったフルートは解放するべきじゃないんだろうけど、こうして恩を売っている以上、簡単に秘密を漏らしたりしないだろう。

そして、ここに来たのは最も重要なことがあるからだ。

「あんたがフルートちゃんを助けてくれたんだってね」

「礼を言いたい。俺たちにできることがあったらなんでも言ってくれ」

悪魔族の皆が口々に俺に言う。

この言葉を待っていた。

本来なら、お礼なんて結構ですと言うところだが、そうはならない。

「では、お言葉に甘えて。このロバを預かってください。名前はケンタウロスで、メスです。暴れるといけないので、食事はこまめに大量にお願いします」

俺はそう言って、ケンタウロスを連れてきた。

ここまで連れてくるのに苦労した。

畑を食い荒らされ、食糧庫を食い荒らされ、海に生えている海藻まで食い荒らされた。

こいつの食欲は、体の中にメティアス様を封印していたからだと思っていたが、むしろいまのほうが食べている気がする。

「あぁ、メティアス様の聖獣様か」

「もちろん、聖獣様なら大歓迎だ」

悪魔族がメティアス様を崇拝していることは知っていた。一時期ジョフレたちと一緒にいたらしいから、ケンタウロスのことを知っていたとしてもおかしくない。

でも、ケンタウロスが聖獣だということも知っていたのか？

「ええ、この方が教えてくださいました」

「初めまして、昔この子を育てていたミレミアと申します」

「ミレミアだってっ⁉」

「私の名前がどうかしましたか？」

「い、いいえ、昔、同じ名前の人と会ったことがありまして。でも、ケンタウロスを育てていたミレミアさんは三年前に他界されたと伺いましたが」

「ほほほ、それは教会の嘘よ。私は教会に幽閉されていただけ。脱獄して、いまはぴんぴんしているわ」

おばあさんはそう言って屈伸運動を始めた。

教会から聞いた話が本当なら、もう八十近いはずだが、軽やかな動きだ。

だが、それより大きな問題がある。

「あなたは何者ですか？　……本当に人間なのですか？」

「……どうしてそう思うの？」

答えはひとつ。

彼女の職業を見ることができないからだ。

これまで相手の職業が見えない場合、三種類の可能性があった。

まずは、相手が無職という可能性。

職業が無職の場合、職業がないのだから見ることができない。

実際、これまで俺自身の職業を職業鑑定で見ることはできなかったが、いまははっきりと【魔王LV1】と表示されるようになっていた。

もうひとつは、そもそも人ではない場合。

職業は人間にのみ与えられたものであり、人ではない魔物やかつてのシーナ三号のような機械人形(オートマタ)相手には鑑定できない。

最後に、相手のレベルが0だった場合だ。

ホムンクルス――彼女たちは神の人形という職業であり、そのレベルは0で固定されているので、職業を調べることができない。

あとは、変化の腕輪で姿を変えているときにも職業が見えないこともあったが、魔王がツァオバールの国王に姿を変えているときはしっかりと魔王だと調べることができたので、そちらに関してはいろいろと条件がありそうだ。

メティアス様を封印していた聖獣――その世話をしていたというのなら、この中で一番可能性が高いのは――

「あちらで話をしましょうか」

ミレミアさんはそう言った。

「ごめん、ノルンさんは少し待ってて」

俺は一言断りを入れ、ミリと一緒にミレミアについていく。

彼女は休憩用に作られたらしいベンチに腰かけた。ベンチは小さいので俺たちは立って話を聞く。

彼女は「なにから話したらいいいか」と前置きをしたうえで、まずは俺の予想を肯定する言葉を告げた。

「ホムンクルスって言葉を知っている？」

質問に対する質問、だがそれが答えだった。

やはり、彼女はピオニアやニーテと同じ、ホムンクルスだったのか。

「はい。知り合いに三人……いや、四人います」

ピオニア、ニーテ、アルファさんの三人。いちおう、シーナ三号も人数に入れたほうがいいだろうということで、ひとり追加した。

「あら、凄い。滅多に会えるものではないのに」

「みたいですね。生み出すためには、女神様が百年ほど力を注がないといけないそうですから」

聞きかじった知識をそのまま語る。

「私はマスター――メティアス様に作られた最初のホムンクルス。ミレミアというのは私が考えた偽名で、本当の名前はプリメロ」

「ラテン語で最初という意味ね」

ミリが注釈を加えた。

ラテン語か。俺は当然まったくと言っていいほど知らないが、名前にラテン語を使うことができるというのは正直言って羨ましい。

俺も知識があれば、ピオニアやニーテに、ラテン語の名前を付けたかったものだ。

「本当に神様とか、売れない小説家ってラテン語が好きよね。そういうのをカッコいいと思うのは中二が卒業できていないからかしら」

ミリの言葉がいつもより辛辣だ。

俺の心に深いダメージを与えた。

「あら、手厳しい。でも、私にとっては大切な名前なのよ。異世界の言葉らしいから、意味まではわからなかったわ、ありがとう」

ミレミアさんはそう言って、朗らかな笑みを浮かべた。

「あの、ホムンクルスは年を取らないのでは？　失礼ですがあなたは……」

前にホムンクルスのステータスを見たことがある。

彼女たちはレベルが上がらず、攻撃力がないという制約の代わり、シェルターの外壁とタメを張れるのではないかというくらいの防御力と、不老の力を持ち合わせていた。

だが、目の前のミレミアさんは年を取らないホムンクルスとは大きくかけ離れている。

最初のホムンクルスというからには、見た目通りの年齢ではないのは確かなのだろうが、不老の力が完全ではないのか、それとも生まれたときから老婆の姿だったのか、どちらなのかと気になり、俺は尋ねることにした。

「本当によく知っているわね。でも、それは創造主たる女神が万全だった場合のみ。メティアス様が魔神となってほかの女神によって封印されてから、私の体は徐々に朽ちていったの。人間から見たら気が遠くなるような長い年月をかけてね。女神様の世界から地上に降り、メティアス様を捜し、ようやく見つけたのが教会で飼われていたあの聖獣だったの。どうもお亡くなりになられた司祭のお気に入りのペットとして飼われていたみたい。そして、ある日のことよ――」

事件が起きた――と彼女は語った。

おそらく、彼女の正体がバレたのだろう。

メティアス様は元女神とはいえ、魔神となりほかの女神様たちと敵対したいま、教会にとっても敵だ。そのメティアス様のホムンクルスともなれば、ただでは済まない。

もしかしたら、ケンタウロスの正体もそのときにバレてしまい、彼女は最後の力で逃がしたのだろうか?

「その日は、今日みたいなとても晴れた日だった。その年は豊作で、大量の新鮮な野菜が教会に寄付されたの。教会内に野菜が運び込まれてしばらくして、聖獣が教会内に入り込み、野菜を食べはじめたの。それを止めに入った僧兵十四人が怪我を負った。そして、聖獣は野菜を食べ終えると、今度は麓の町で行われている豊作祭に行き、さらに野菜を食い荒らして逃走。そのまま行方不明になったの。その責任を取る形で、私は教会に幽閉されることになった」

幽閉にメティアス様、全然関係なかった!

というか、ケンタウロスの奴、当時から滅茶苦茶だ！

ミレミアさんは微笑む。

「きっと、来るべきその日が近付いていることを悟ったあの聖獣は、メティアス様にエネルギーを注ぐため、食事を大量に取る必要があったのね」

まるですべてを悟っているみたいに言うけれど、全然違うと思う。

メティアス様が解放されたにもかかわらず、以前にも増してケンタウロスの食欲は止まらない。

あの食い意地はあのロバそのものの特性だ。

「なんでミレミアさんはここにいるんですか？　メティアス様の封印ならもう解けたのに」

「事情は知っているわ。あなたと敵対していることも、勇者から聞いている。それにしても、メティアス様のことを様付けで呼ぶの？」

ミレミアさんは不思議そうに俺に尋ねた。

「まぁ……敵になったとはいえ、もともと神様なわけですから」

俺のマイワールドはもともと彼女のものだし、無職スキルだってメティアス様が用意したものらしいのだ。

敵であるが、恩も大きい。

それに、ほかの女神やミリから聞いた話なのだが、メティアス様はこれまで何度もこの世界を災厄から守ってきたという。

彼女がいなかったら、この世界、アザワルドはとっくに災厄とやらに呑み込まれて、人々の住めない状態になっていただろう。

　メティアス様がいまどこにいるか尋ねたが、やはり彼女はいまのメティアス様の居場所を知らないらしい。わかっているのは、メティアス様が生きているということだけらしい。

　俺の質問が終わったところで、ミリが尋ねる。

「ねぇ、教えて。私の知る限り、メティアスは我慢強い女神だったわ。来る日も来る日も災厄の芽を潰すため、この世界の人のために未来を見てきた。なにが彼女を変えてしまったの？　少なくとも、災厄から逃れる方法が魔神になることだけだったとは思えないし、そんな途方もない作業に心が病んでしまっただけとも思えない」

　そう言うミリの目を、ミレミアさんはじっと見た。

　そして、小さく息を漏らす。

「そうね、あなたの言う通り、災厄の芽をひとつひとつ潰していくというのは途方もない作業。終わりの見えないその行いは、普通の人間なら、いいえ、女神様たちでもあの方の作業を行うのは並大抵ではないの。テト様も相当の苦労をなさったと思うわ」

　ミレミアさんは、昔を懐かしむかのようにしみじみと言った。

　ずっと傍でメティアス様を見てきたのだろう。

「詳しいことはわからないわ。ただ、あなたの言う通り、メティアス様は強いお方よ。きっとあの方にはあの方の考えがあって行動しているはず」

　そこまで話すと、「少し疲れたから休ませてほしい」とミレミアさんは言った。

話しすぎて疲れたのかと思ったら、さっきの屈伸運動が膝にきたらしい。

完全防御能力も、寄る年波には勝てないと苦笑していた。


結局、なにもわからなかった。

俺たちがミレミアさんに礼を言い、戻ったときだった。

「お兄さん、大変！」

俺の姿を見つけたノルンさんが慌てて声を上げた。

ただならぬ予感に、俺たちはノルンさんのもとに向かった。

「ノルンさん、なにがあったんですか⁉」

「あの、ケンタウロスちゃんが、柵を飛び越えてどこかに――」

悪魔族の何人かが「聖獣様、お待ちください！」と走って追いかけたが、見事に逃げられたという。

まぁ、仕方がない。

俺だって本気で逃げるあいつを捕まえられる気がしないからな。

◆◆◆

俺とミリは、ふたりで上級者用迷宮の中の最下層にいた。

フロアランスの迷宮の入口にある転移陣は、一度利用したことがある階層にしか行くことができないが、ミリは最下層に行ったことがあるそうなので、いきなり最下層スタートだ。

俺はまだ上級者用迷宮の踏破ボーナスをもらっていなかったので、一度もらおうかと思ったが、迷宮の入口で見張りをしていた自警団の男から、

「最下層のボスの間、女神像の間は入ることができないよ。理由はわからないけれど、教会から通達があったからね」

と注意された。

ミリが言うには、こんな状態だから、女神たちが迷宮の管理に力と時間を割けないという理由が一割、そして勇者たちに迷宮の女神像をいじられて魔物をあふれさせられたら困るという理由が九割だろうとのことだ。

そして、俺はというと、ひたすら最下層で魔物と戦い続けた。

「ドラゴンドラゴンドラゴン、本当にここはドラゴンばかりだな」

魔竜という種類らしいドラゴンを一通り倒し、俺とミリは一度休憩をすることにした。

これまでドラゴンとは何度も戦ってきたが、それらは伝説クラスの魔物という威厳があり、一匹見たら十匹はいるというGみたいに、次から次に現れるものではなかった。

もっとも、俺が知っているドラゴンより遥かに弱いので、魔法を使うまでもなく、剣一本で対処できる。

「気にしない気にしない。おにい、それでレベルは？」

「魔王のレベルが42といったところだ。あまり新しいスキルとか覚えないんだな」

「魔王のスキルは最初のほうは、闇魔法とかがほとんどだからね。それにしても本当に異常ね。私なんて魔竜を一匹倒してもレベル３にしかならなかったのに、魔竜を十匹倒しただけでもうレベル42とか」

「まぁ、こっちは経験値、実質四百倍だからな」

魔王だけでなく、すでに限界突破している火魔術師、水魔術師、風魔術師、土魔術師もスキルこそ覚えていないが、かなりレベルが上がっている。

「魔竜四千匹分の経験値と思えば42でも低いほうだろ。そうか、闇魔法しか覚えないから全然スキルを覚えないのか」

闇魔法は、見習い魔術師、魔術師、闇魔術師などでいろいろと覚えている。

「そうだ、悪魔召喚ってスキルを覚えたんだ。召喚魔法ってこの世界じゃ珍しいんだろ？」

「あぁ、そのスキルは死にスキルよ。悪魔族じゃなくて本物の悪魔で、契約するには魂の契約が必要だし、私たちより弱い悪魔がほとんどだから」

そりゃ使えない。

あれか？　願いを叶えてほしければ魂を寄こせってやつか。

俺のいまの願いは魔神関連だけど、悪魔が魔神をどうにかできるとは思えない。それどころか、魔神側に寝返ってしまいそうだ。

ミリの言う通り、これは死にスキルだな。

「それより、魔王の権威って覚えたでしょ？」

「ああ、魔王の権威は二回スキルアップして、いまは魔王の権威Ⅲになっている。これが例のスキルなんだよな？」

「うん、その魔王の権威は、屈服した忠誠を誓った相手に隷属の首輪のような制約を課すことができるんだけど、そうして眷属になった相手の経験値を自分のものにできるスキルなの。おにい、魔王の権威Ⅲなら、三十パーセントまで、十パーセント単位で経験値を徴収できるわ」

「ミリからも経験値を徴収できるのか」

「できるけど、私はおにいに負けを認めるつもりも忠誠を誓うつもりもないわよ。それより、いまは、おにい自身のほかの職業から経験値を徴収できる。試してみて」

「わかった」

俺はそう言って、魔王の権威を発動させる。

果たして、本来は眷属相手に使うスキルを、自分自身に使うことなんてできるのだろうか？

ただ、効果が出ているとしたら、火魔術師、水魔術師、風魔術師、土魔術師が取得できる経験値はそれぞれ三割減となり、魔王が取得できる経験値はその分増える。

ざっと十二割増し、二・二倍になる。

もともと四百倍の経験値が、いまは八百八十倍になるという計算だ。

本当に効果があるのか、試してみたい。

そう思ったときだった。

ちょうど一匹の魔竜が近付いてきた。

腰に差している守命剣を抜く。

「スラッシュ！」

俺の剣撃が魔竜を一刀両断にした。

【イチノジョウのレベルが上がった】

【魔王スキル：魔王結界を取得した】

【魔王スキル：眷属強化を取得した】

さっき魔竜を倒したときはレベル３しか上がらなかったのに、今回は一気にレベルが7も上がった。

これは魔王の権威の効果が出ていると思っていいだろう。

しかも、スキルを二個も覚えた。

気になったのは眷属強化。

魔王にも眷属の概念があったんだな、と思いながら、とりあえず覚えたスキルを確認することにした。

魔王結界：補助スキル【魔王レベル45】

結界内にいる敵を逃がさないためのスキル。

魔王からは逃げられない。


あ、これはミリがハッグに対して使ったスキルか。

魔王からは逃げられないっていうのも、地球では有名だったが、もともとはここから引用されたセリフだったのか。

眷属強化：補助スキル【魔王レベル45】
眷属のステータスを上昇させる。
上昇するステータスは主の能力と、眷属と主の距離によって変わる。

眷属強化は、眷属のステータスを増強させるスキルらしい。

眷属のもともとのステータスと俺からの距離に応じて効果が異なるそうだが、マイナスになることはない。きっと、ハルとキャロのステータスにも影響を及ぼしていることだろう。

まぁ、迷宮にいる魔竜が逃げ出すことはないのでここで使うことはないだろう。

「ミリ、魔王結界と眷属強化を覚えたぞ」

「え、おにい、もうレベル45超えたの⁉　いや、確かに計算上はもう46になるか。私が苦労したこれまでの時間が馬鹿らしくなる速度ね。本当にチートよね」

「自分で言う分にはいいが、妹からでも人からチートって言われるのは嫌だな」

「なら、升って言う？」

升、分解したらチートなんて説明しないとわからないことを言うのはやめてほしい。

「日本にいた頃にそんなに成長してくれたら、就職難民にならずに済んだのに」

ミリが痛いところを突いてくる。

確かに、俺がここまで強くなれたのは、成長チートのお陰だ。

そこは否定できない。

「別に成長チートっていうのは天恵だけのことを言ってるんじゃないよ。おにいは日本にいた頃は、とりあえず就職できたらいいって感じで面接を受けていたでしょ？　いまみたいに、就職を目的として頑張るんじゃなく、自分の目的のための通過点と思っていたら、きっとおにいは私の思惑なんて全部無視して、就職できていたよ」

「……本当にお前は、俺にとって痛いところを突いてくるな」

俺も心のどこかで気付いていた。

俺は面接を受けた会社でなにかをしたかったわけじゃない。ただ、就職をして、ミリを養えるようになりたかった――いや、あのときはすでにミリは株や投資で養われる必要のないくらい稼いでいた。

　俺はただ、誰かのせいにしたくなかっただけなんだ。

　高校を中退したのは両親が死んだせい。

　ずっとバイトをしていたのは養わないといけない妹のせい。

　人生に失敗したのは誰かのせい。

　そんな風に思いたくなかった。

　だが、俺は心のどこかでずっと誰かのせいにしていた。

　だからこそ、俺は就職して証明したかった。

　両親が死んだのも関係ない、妹が幼いのも関係ない、俺は一人前の大人になれるのだと。

「おにい、考えすぎ。どうせ、カッコつけて、就職ができたら自分は一人前の大人になれたと証明できるんだ、とか思ってるんでしょ？」

「お前、まさかテレパシーが使えるのか？」

「そんなの後付け。おにいが頑張っていたのは私のためだし、一度だって私のせいで高校を中退したなんて思ってないでしょ？　だからこそ私は、おにいのことが好きなんだし」

「考えてなかったか？　いや、考えていたと思うぞ、心のどこかで誰かのせいにしていたと」

「してない。妹が言うんだから絶対（あと、私の一世一代の告白をサラッと流したでしょ）」

　ミリがぶつぶつと文句を言う。後半はなにを言っているのかわからない。

　そうか？　俺って本当に誰かのせいにしていなかったのかな？

「そもそも、おにいが高校を辞めたのも、いろいろと苦労したのも、勝手に自分で決めたおにい自身のせいなんだし、誰かのせいにできるわけがないでしょ」

「ぐっ、それを言われたらぐうの音も出ないな」

ぐっと先に言っているから、ぐうの音は出ているのか。

「お前、なにが言いたいんだよ。俺をただ傷付けたいだけか？」

「そうじゃなくて、本当に大切な目的が見つかったおにいは最強で最高だってこと」

ミリはそう言って笑った。

これまでさんざん俺を落としておいて、ここで一気に上げてくるとか、俺の妹はいつの間にこんな悪女になったんだ？

嬉しすぎて涙が出てきそうだ。

「ちょっと、おにい、休憩は？」

「休憩なんて必要ない。スタミナヒールを使えば体力はいつでも万全だ。いまは一匹でも多く魔竜を倒したい気分なんだ」

「もう、無理して倒れないでよ！」

張り切って戦い、すぐに疲れ、スタミナヒールを使い、ミリに発破をかけられ、魔竜が再出現するまでの間に休憩を取ったりしながら、俺たちは魔竜と戦い続けた。

ドロップアイテムとして、魔竜の鱗、肉、魔石が大量に集まった。肉はドロップ率七割を超えるうえに、一度に五十キロくらいの塊を落とすせいで、アイテムバッグの中は肉庫になりそうだ。

さらにレアアイテムらしい魔竜の骨や角や心臓もいくつか集まり、丸一日が経った頃だった。

俺の最初の目標が達成された。

【イチノジョウのレベルが上がった】

【魔王スキル：即死攻撃無効を取得した】

【魔王スキル：魔王の権威Ⅸが魔王の権威Ⅹにスキルアップした】

【魔王のレベルはこれ以上上がりません】

【称号：魔王の極みを取得した】

魔王のレベルが１００になった。

ひとつの達成感があるな。

魔竜の経験値が高いのもそうだが、魔王の権威のランクが上がるごとに成長チートの効率がよくなっていったのも大きい。

レベル90になったときに魔王の権威Ⅸになったが、それにより、経験値の効率は千八百四十倍に膨れ上がった。

そして、レベルが１００になり、魔王の権威Ⅸが魔王の権威Ⅹになったいま、その経験値効率は二千倍となる。

「おにい、お疲れ様。はい、これ」

「あぁ、ありがとう」

ミリから飲み物を受け取って、ごくごくと一気に飲もうとした。

しかし、思わず吹き出しそうになる。

「なんだこれ……ってあぁ、限界突破薬か」

レベルが上限に達したとき、この薬を飲むことでレベルをさらに上げることができるようになる。

おそらく、魔王のレベルの上限はいま、レベル２００になったはずだ。

「もう、吹き出さないでよ。限界突破薬は貴重なんだから」

「いや、水だと思って……え？　休憩は？　仮眠は？」

「もちろん、ありません」

ミリがにっこりと笑った。

彼女はそう言って俺の首を掴むと、転移魔法を使ってひとつ上の階層に転移した。

最下層の魔竜はだいぶ出現しなくなったが、上の階層には黒い虎の魔物が大量にいた。

「ミリ、この魔物は？」

「ブラックタイガーって名前の魔物ね。エビじゃないよ？」

「見たらわかる。なぁ、ミリ、これ何頭いるんだ？」

「さっき、おにいが頑張っている間に、この場所にブラックタイガーを集める香水を振り撒いておいたから。大丈夫、五十頭はいないから」

くそっ、と俺は腹をくくり、魔法を唱えたのだった。

丸一日が経過したときには、魔王のレベルは１４８まで成長していた。

とんでもないレベルアップだ。

俺はフロアランスに戻り、一度休憩することにした。

いや、スタミナヒールのお陰で体力的には全然疲れていないし、命の危険はまったくなかった。油断してブラックタイガーに背中を引っかかれたが、魔王のレベルを上げ、物防を爆上げさせた俺には亀の子タワシでこすられたくらいの痛みしかなかった（つまり、怪我は大したことはないが、結構痛かった）。

だが、二十四時間、常にどこから現れるかわからない敵意むき出しの魔物に狙われているというのは、精神的にくるものがあった。これはゲームのレベリングでは味わえない体験だ。

「ミリ、目標のレベルはいくつなんだ？」

「レベル３００だから、あと半分だね」

「お前、わかっていて言ってるだろ」

レベルというものは高くなれば高くなるほど、上げるのに必要な経験値の量は多くなる。

レベル１から１４８に上げる経験値が百とすると、１４８から３００に上げるために必要な経験値は百ではない。千くらい必要になる。

このままじゃ一週間でレベル３００になるのは難しい気がする。

「イチ君、そんなに暗い顔してないで。ほら、ご飯をいっぱい食べて元気を出してね」

「ありがとうございます、マーガレットさん」

「ふふふ、リューちゃんと再会できて本当によかったわね」

マーガレットさんがルンルンと鼻歌まじりに料理を運んでくる。

俺の前に、とても四人では食べ切れない料理が並ぶ。

ハルとキャロが帰ってきてくれて六人になっても難しい。

汗を拭きながら、食堂にやってきたノルンさんが、

「マーガレットさん、久しぶりにお兄さんとミリちゃんと会えたから張り切ってるの」

と、この料理の量が多い理由を説明してくれた。

まさに、彼女はフロアランスの母という感じだな。

男だけど。

「ご主人様、お帰りになられたのですね」

「無事でよかったです。レベルは上がりましたか？」

食事を始めてしばらくしたら、ハルとキャロが帰ってきた。

「ああ、俺たちもついさっき戻ったところなんだが、なにか情報はあったか？」

「はい。冒険者ギルド経由で、マリナさんと連絡が取れました。カノンさんを捜しているそうですが、まだ見つかっていないようですね」

やっぱりカノンはまだ見つかっていないのか。

理由があって真里菜から離れたというのなら、彼女ひとりでカノンを捜し出すのは難しいかもしれない。悪魔族は隠れるのが得意な種族だと聞いた。

「連絡先もわかりましたので、アランデル王国の王都に行けばすぐに合流できます。それと、勇者たちに目立った動きは見られません。少なくとも勇者は肖像画も出回るほどの有名人ですから、彼が動けば情報も動きます。彼は王都には入っていないでしょう」

やはり、キャロは短い間にしっかりと成果を上げてくれた。

彼女に任せてよかったと思う。

「ありがとう、キャロ。助かるよ。ハルも護衛ありがとうな」

「いえ、私はなにもできていません。ところで、ご主人様のレベルはどうなりましたか？」

「ああ、レベル148まで上がったよ」

「「――っ⁉」」

148という数字にふたりは驚きを隠せないようだ。

まぁ、普通なら何年かかるかわからないレベルになっているからな。

「驚いてもらえるのは嬉しいが、目標にはまだまだ足りない。一週間でレベル300にまでなれるのか不安になってきたよ」

「ご主人様、魔王の権威というスキルは習得できたのですか？」

「ん？　あぁ、それは問題ないが」

俺が言うと、ハルとキャロは顔を見合わせて言った。

「なら、いつも通り頑張りましょう」

キャロは、そのいつも通りの戦い方を教えた。

ハルとキャロの言ういつも通りは、全然いつも通りではなかった。

上級者用迷宮の最下層。

これまで俺はここで魔竜としか戦ってこなかったが、いまは違った。

魔竜、ブラックタイガーは名前を知っているが、なんかこう、でっかいスライム、火を噴く象、やたらでっかい豚人間、死神の鎌を持ったゴーストまでいる。

「ご主人様、デスレイスが来ました。先に対処をお願いします」

デスレイスは光属性以外の攻撃が効かないので、ハルには攻撃手段がない。

さらに、極稀に即死攻撃もしてくるそうなので、現れたら真っ先に倒す必要がある。

「ライトっ！」

光魔法がデスレイスを呑み込む。

魔力増幅していないただのライトだが、魔王のレベルが上がり、魔攻がとんでもないことになっているいまの俺が使えば、上位種族のデスレイスすら一発で浄化できる。

その間に、ハルとミリは迫り来る魔物の足止めをしていた。

昨日は倒した魔竜を数えるくらいの余裕があったが、今日は倒した魔物を数える余裕どころか、いったいいま何体の魔物を相手にしているのかすらわからない。

「凄いわね、このペースだとすぐにレベルが上がるわよ」

ミリが感慨深げに言った。

迷宮の最下層に入って、キャロが自分で職業を誘惑士に変えた途端、これだからな。

彼女のスキル、月の誘惑香は、夜または、迷宮の下や地面の中などに潜ることによりその効果を発揮し、魔物を引き寄せる。

これまで何度も助けられてきたが、いつもその力の強さには驚かされる。

途絶えることのない魔物の群れ。

ハルとミリはひたすら敵の足止めに専念し、俺が次々にとどめを刺していく。

ドロップアイテムの回収をする暇もないくらい魔物との攻防が続き、またも丸一日戦ったところで、ようやく俺たちはフロアランスの町に戻ることにする。

キャロの職業を元に戻し、ミリの空間魔法で脱出した。

スタミナヒールを限界まで使い、睡眠欲求をミリの薬で誤魔化してまで戦い続けた。

さて、どれだけレベルが上がっているか？

と思ったところで、レベルアップのメッセージが。

【イチノジョウのレベルが上がった】
【魔王スキル：状態異常無効を取得した】
【魔王スキル：全能力UP（中）が全能力UP（大）にスキルアップした】
【魔王スキル：経験値ゼロ】
【魔王スキル：眷属強化が眷属強化Ⅱにスキルアップした】

順調にスキルを覚えているようだが、最後の一文に俺は驚いた。

え？

「あの、ご主人様。私のレベルが上がったのですが」

「キャロもレベルが上がりました。魔王の権威というスキルを使えば、キャロたちには経験値が入らないのですよね？」

キャロがそう言ったが、その理由はわかっている。

【魔王のレベルはこれ以上上がりません】

そう、俺は魔王の二度目の限界値を迎えていたのだ。そのため、レベル２００になったあとの経験値が、俺のほかの職業やハルたちにも振り分けられたのだろう。

「もうレベル２００になった。皆のお陰でな。残った経験値はふたりにも振り分けられたみたいだ」

俺はそう説明した。

ちなみに、経験値ゼロというスキルは、自分が殺されたとき相手に与える経験値がゼロになるという誰もが損しかしないスキルだった。

そういえば、一部のゲームって、ラスボスの魔王を倒したとき、経験値が入らない仕様だった気がする。

これも死にスキルだな。死んだときに発動するスキルという意味じゃなくて。

それにしても……と俺は自分のステータスのうち、能力値だけを確認した。


………………………………………

名前：イチノジョウ
種族：人間族（ヒューム）
職業：魔王ＬＶ２００★　火魔術師ＬＶ１１３　風魔術師ＬＶ１１３　土魔術師ＬＶ１１３
　　　水魔術師ＬＶ１１３

ＨＰ：１３０１４／１３０１４（８０５２＋１５６＋１５６＋１５６）（×１・５）
ＭＰ：１０３１２／１２３９５（１１９０＋９４２＋９４２＋９４２）（×２・５）
物攻：３９９７（２０２１＋１６１＋１６１＋１６１）（×１・５）
物防：３１１８（１３５１＋１８２＋１８２＋１８２）（×１・５）
魔攻：２０７８９（４３９２＋９０１＋９０１＋９０１）（×２・６）
魔防：１１４２６（２０５４＋７８５＋７８５＋７８５）（×２・２）
速度：５４７３（３０２１＋１５７＋１５７＋１５７）（×１・５）
幸運：７７（３０＋１０＋１０＋１０＋１０）（×１・１）

…………………………………………


なんか数値がとんでもないことになっていた。

火魔術師なども、昨日からレベル２ほど増えている。

上がっているステータスの中で、やはりＨＰとＭＰ、魔防が一万を超え、魔攻が二万を超えたことが驚きだ。

一番の要因は、魔王の素の状態でのステータスの高さ。

なんだこれ？　ぶっ壊れ性能じゃねぇか。

さらに、魔王レベル１３０のときに取得した全能力ＵＰのスキルの効果も大きい。これまで、魔攻ＵＰなど、それぞれのステータスが上昇するスキルを取得してきたが、この全能力ＵＰは、幸運値以外のすべてのステータスに作用する。これがなくても、魔王の後半はさまざまなステータスアップの恩恵があるスキルを取得してきたというのに。

いままでもチートトチートと言ってきたが、ここまでくればもうぶっ壊れステータスすぎるだろう。しかも、即死無効、状態異常無効って、どうやって倒せばいいんだ、こんな奴。

もしもこれがゲームのラスボスだったら、「なにこの死にゲー、スタッフちゃんとデバッグしたのかよ！」とコントローラーを投げ出すレベルだ。

「ミリ、お前って魔王だったときの最後のレベルはいくつだったんだ？」

「えっと、３６０は超えていたと思う」

「もしかして、勇者のステータスも魔王並みに化け物なのか？」

「化け物って、私が特別だったのよ。普通の人間は一生涯をかけても上級職を極めるのがやっとだし、先代の魔王だってレベル70しかなくて、それでも魔族の中では一番強かったのよ」

「え？　でもお前、もう魔王のレベルが50なんだろ？　なんで先代はレベル70しかなかったんだ？」

「私の場合、経験値薬を調合して飲んだから。日本で買い集めた貴金属を全部売り払って、貴重な薬の材料をいろんな町で買い漁って、ついでにダイジロウが集めていた薬の材料ももらって、さらに宝玉のうちふたつの力を取り込んで、それで、やっとレベル50なの。おにいみたいに、たった二日でレベル200になるのが異常なのよ」

そういうものなのか？

だって、二日だぞ？

いくら経験値効率が二千倍といっても、二日だったら四千日、十年ぶっ通しで戦う経験値しか……いや、キャロのお陰で魔物を狩る効率は昨日の五倍くらいになっている。

二千倍の経験値が入ってくるうえ、戦闘の効率が五倍になるから、つまり、一万倍のペースでレベルが上がっているということか？

なら、今日一日の経験値は普通に戦う一万倍、つまり一万日、睡眠をとらずにぶっ通しで戦うくらいの経験値が入ってきているということになる。

いくら戦闘狂の人間でも、一日で戦闘に費やす時間はせいぜい六時間から八時間程度だろう。

つまり、今日俺が一日で稼いだ経験値は、戦闘好きの人間が三万日から四万日、つまり八十年以上、上級者用迷宮の下層に通って戦い続けたときに得られる経験値と同じということになる。

ミリが異常だって言うのも当然だ。

「もしかして、勇者もこれと同じくらい高いステータスを持ってるのか？」

ファミリス・ラリテイは最後、勇者と取り引きをして自らの死を選んだ。

しかし、魔王と交渉が決裂した場合は戦いになっていたはずだ。

魔王からは逃げられないというからには、勇者も魔王に勝てるステータスがあったはずだ。

交渉が決裂したら死ぬしかないと思っていたなら話は別だが。

「勇者本人のステータスは大したことはないわ。ただ、勇者の力っていうのは、人々の信仰心により成長するの。あのときは全世界の人間が勇者に期待していたから、当時の私には及ばないまでも、とんでもない力を秘めていたわ」

そうか、魔王と勇者は逆なようでいて似ているんだ。

仲間の力を糧に成長し、仲間に力を与える魔王。

仲間の力とともに成長し、仲間から力を与えられる勇者。

正反対のように見えるその力は、ひとりではなく、皆とともに戦うという点では同じなのだ。

しかし、再度ステータスを見てみると、強くなってきている実感が湧く。

これならレベル３００も夢じゃないな。

さて、ひと眠りしたら頑張ろう。

そう思ったときだった。

「ん？」

ポケットの中に入れていた通話札に反応があった。

片方を鈴木に預けていたものだ。

預けてから数日しか経っていないのに、もう連絡が来るとは思わなかった。

『――のき君、楠君。聞こえる？　聞こえてたら返事をしてほしい』

「おう、聞こえてるぞ。鈴木、なにがあったんだ？」

『あぁ、よかった。いま、盗賊退治をし終わってマレイグルリに戻ってきたんだけど、どうも迷宮の魔物が多くなっているみたいなんだ』

「まさか、前みたいに――」

俺はつい先日、マレイグルリを襲った魔物大量発生の騒動を思い出した。

『いや、そこまでじゃないよ。ただ、魔物が迷宮からあふれ出ようとしているのは確かで、冒険者や衛兵でなんとか対処できている状態なんだ。しかも、この現象は南大陸のあちこちで起きているみたいで。楠君はいま、どこにいるの？』

「俺はフロアランスにいるが、こっちは騒ぎにはなっていないな。悪い、ちょっと調べてから折り返し連絡を入れさせてもらってもいいか？」

『うん、頼むよ』

通話を切断し、俺はキャロを見た。

「キャロ、話は聞いていたな」

「はい、ほかの町の迷宮について調べてきます。イチノ様はお手数ですが、この町にある残り二カ所の迷宮について調べてきてください」

キャロは自分の役目を確認し、走ってどこかに向かっていった。

ハルもまた護衛として彼女についていく。

ノルンさんは自警団の詰め所に情報が届いていないか確認しに行ってくれた。

俺はミリとともに、この町にある残り二カ所の迷宮に向かった。

幸い、初心者用、中級者用、どちらの迷宮も大きな騒ぎにはなっていなかった。

むしろ心なしか、魔物の数が減っているのではないかと言っていたくらいだ。

やはり、南大陸だけで起こっている現象なのだろうか？

そう思ったが、違った。

「イチノ様、調べてきました。先ほどスズキ様から伺った現象が、この国の各地で起きているという連絡がありました」

マーガレットさんの家で待っていると、キャロがそんな情報を持って帰ってきた。

「なんだってっ⁉　それは本当なのか？」

「はい。冒険者ギルドの連絡網で上がってきた情報です。間違いありません」

キャロの言葉を補足するようにハルが肯定する。

怪我人は多数出ているそうだが、いまのところ死者は出ていない。

ただ、アランデル王国の南部、ゴマキ山の中腹にあるゴマキ村近くの迷宮のように、迷宮からあふれる魔物に対処できない場所では、魔物をあふれさせたままにしているらしい。

このままでは魔物がいつ町や村を襲うかわからないそうだ。

「アランデル王国から軍隊の派遣要請とかできないのか？」

「それが、アランデル王都の中央にも大きな迷宮がひとつあるのですが、そこからの魔物の発生が凄まじく、地方にまで力を割く余裕がないそうです」

「やっぱり、魔神の影響なのだろうな」

さらに、ノルンさんが戻ってきた。

目新しい情報はほとんどなかったが、自警団にもほかの町から、迷宮の魔物の活性化に関する注意喚起の報せが届いていたらしい。

とりあえず、いま得られた情報を鈴木に伝えることにした。

鈴木も、あのあと冒険者ギルド経由で調べていたそうで、だいたいのことは把握していた。

そして、皮肉なことに、被害の続いたマレイグルリでは、多くの人々が教会に殺到し、勇者の派遣を要請しているのだという。

この事件を引き起こしている一因が、その勇者本人だとも知らずに。

こうして勇者を待ち望む人が増えたら、それは勇者の力となる。

勇者もまた、俺と同じように成長していくというわけか。

だが、そんなことより、俺はこの国のほかの場所に住む人たちが心配だった。

この国だけでも、ベラスラの町で一緒にバカみたいに騒いだ冒険者たち、賭場でハルと勝負したゴルサさん、ゴマキ村で美味しいシチューを作ってくれた宿屋のおばちゃん、どちらも長い人生で見ればすれ違った程度の関係性でしかないが、だからといって、どうなってもいいと思える人たちではない。

魔王のレベルを２００まで上げたいまの俺のステータスなら、ゴマキ村まで走っても一日もかからないのではないか？

「ダメよ、おにい。いまは魔神を止めることに集中して。そして、魔神は止めるには、おにいが魔王のレベルを上げるしかないの」

「でも、本当に通用するのか？　考えてもみれば、俺の成長チートの力は女神様から授かったものだし、魔王の力だってこの世界のシステムのようなものなんだろ？　世界の管理者ともいえる女神様や魔神に敵うのか？」

「それは大丈夫よ。確かに女神や魔神は世界を管理する力を持っている。それでも、しょせんは世界を構築するシステムの一部でしかない。システムの中でしか生きられない存在には違いないの。必ず勝つ道は残ってる」

ミリは俺を諭すように言う。

なら、せめて睡眠時間を削って迷宮に……いや、ダメだ。

薬で誤魔化してきたツケは重い。

特に戦闘に不慣れなキャロの体力はもう限界に近いだろう。

「本気で寝る。ミリ、短い時間でよく眠れる薬を用意してくれ」

「アロマの調合は準備しているよ。三時間寝たら睡眠不足解消美容効果リラックス効果その他もろもろ効果ばっちりのアロマがね。一本しかないから、皆で寝よ」

ミリはそう提案した。

マイワールドで本気で寝た。

部屋の時計を見ると、睡眠時間は二時間五十分か。

ミリのアロマの力は本当に凄いな。頭がすっきりした。

ピオニアに三時間経ったら起こしてくれと言ったので、もう少しだけ皆に寝ていてもらえる感じだ。

ふと視線を下げると、ミリが俺の腕をがっちり掴んでいた。

その奥にはハルがミリを挟むように寝ていて、反対側の腕はキャロが掴んでいた。

朝チュンのシチュエーションではあるが、当然、妹も一緒にいたのだ。やましいことなどなにもなかった。というか、ベッドに横になると俺は一瞬で意識を失った。

遠くから、鶏の鳴く声が聞こえてくる。

その声のせいか、俺の腕を掴むキャロの手が緩んだ。

キャロもハルも寝顔が幸せそうだ。

よかった。もしもミリが止めなかったら、本当に睡眠不足承知で迷宮に挑み、三人揃ってぶっ倒れているところだったかもしれない。

ミリの冷静さには本当に大助かりだ。

「いつもありがとうな、ミリ」

俺はそう言って、十年以上ぶりに横に並んで眠る妹に軽くハグをした。

「どういたしまして、シスコンのおにい」

ミリはそう言って、目を開けてにっと笑った。

「おまえ、起きて……」

「しっ、ハルワとキャロが起きるでしょ」

　ミリはそう言うと、俺の胸に顔をうずめる体勢で、囁くように言った。

「おにい、なんでフロアランスだけ魔物が迷宮からあふれていないかわかる？」

「そういえば、なんでだ？」

「フロアランスでは、私たちがとんでもないペースで魔物を狩っていたでしょ？　だから、魔物を生み出すための瘴気が薄くなっていたの」

「ん？　でも魔物を倒したらそれは瘴気に戻るんじゃないのか？　そうしたら、また魔物が現れる原因になるとか」

「戻るけど、全部ってわけじゃないの。これ」

　ミリは魔石を取り出した。

「瘴気の一部は魔石となる。シーナ三号が管理していた迷宮には女神像がなかったけれど、瘴気の一部を浄化させることに成功していたのは、こうやって魔物を退治して魔石にしていたからなの。まぁ、魔石もエネルギーとして使用すれば、再び瘴気になっちゃうんだけどね」

　ミリはそう言って、魔石を異次元収納に入れた。

「もちろん、瘴気なんてものはそう簡単になくなるものじゃないし。薄くなっている分、ほかの場所から瘴気が集まってくるの。だから、おにいがフロアランスで頑張って狩りを続ければ、その分近くの、たとえばベラスラの迷宮からあふれる魔物の数は減るはずよ」

「そうか……」

ということは、俺がフロアランスの迷宮で狩りを続けたことは、魔王のレベルを上げる以上に効果があったのか。

「でも、だとすると、なんでアランデル王都の迷宮だけ、ほかの場所より多く魔物があふれてるんだ？」

アランデル王都は、ここから北に行ったそう遠くない場所にある。

俺の狩りの数が少ないから、まだアランデル王都まで影響を及ぼせていないのだろうか？

「たぶん、そこに瘴気の塊があるの」

「瘴気の塊……まさか？」

「うん、マレイグルリで瘴気を集めて魔神となるまでに至ったテト。彼女がまだ完全に魔神になってなくて、必死に女神の力で抗っているのだとすれば、そこから瘴気があふれて魔物の発生に繋がっている可能性は高いよ」

「テト様はまだ完全に魔神になっていない可能性があるのか」

「そうなるわね。意外と粘るわね」

粘るって、お前はどちら目線で語ってるんだ。

だが、そうなると、少しだけ希望が見えてきたんじゃないだろうか？

テト様を女神に戻すことができたなら、悪魔族、夢魔族、黒狼族の魔王が魔神になったとしても、魔神が六柱揃うことはないのだから。

「でも、テトから瘴気を取り除くのは至難の業ね。少なくとも女神の力が必要になる。それと不確定要素があるのは、もうひとりの魔王ね」

ツァオバール王国の国王に化けていた魔王。

あいつは勇者や魔神たちと繋がってはいるが、仲間というわけではないらしい。

いったいなにが目的で動いているのか。

「それでね、おにい。もう私がいなくても、魔王のレベルアップはできるよね？」

「ん？　あぁ、魔王のレベルが上がって覚えるスキルもわかったし、ＭＰがここまで上がったら、魔力回復薬がなくても自然回復で十分追いつきそうだ。でもなんで？」

俺の質問には答えず、ミリは掛け布団の中に潜り、足元からベッドの外に下りた。

「やることがあるの。うまくいけば、テトを女神に戻せるかもしれない」

「なに、それは本当か？　それなら俺も手伝いを――」

「おにいはやることがあるでしょ。寝るときに使うアロマはあと三本ほどあるから、明日からはこれを使ってね」

ミリはそう言って、ベッドの脇に精油の入った小瓶を三本置いた。

一本しかないって言っていた気がするが、嘘だったのか？

いや、ミリのことだ。俺たちが寝てからこっそり調合したのだろう……無理しやがって。

「あとは任せたわよ、ハルワ、キャロ」

「かしこまりました、ミリ様」

「頼まれなくても、イチノ様のお世話はキャロたちがしたいことですから」

ミリが振り返ると、いつの間にかハルはベッドの脇に下りてその場に跪き、キャロもまた反対側に下りて立って返事をした。

なんだ、全員起きていたのか。

ミリがなにをしようとしているかはわからないが、いまはミリのことを信じよう。

「マスター、起こしに来ましたが、必要なかったようですね」

ピオニアがやってきた。

ちょうど三時間の休憩が終わり、俺たちは再度フロアランスで戦いに挑むこととなった。

マイワールドに設置された観測所。

そこに四柱の女神が集結していた。

この場所が一番、世界の異変を感じ取りやすいため、会議の場所に選ばれたのだ。

お手伝いとして駆り出されたニーテが、それぞれに飲み物を運ぶ。

コショマーレの前にほうじ茶の入った湯飲み、トレールールの前にイチゴシェークの入ったグラス、セトランスの前にコーヒーの入ったカップ、ライブラの前にラッシーの入ったグラスを置き、彼女は一歩下がった。

そして、ニーテは横目で動かない者を見る。

会うのは初めてだが、同じく女神テトによって生み出されたホムンクルス——アルファ。

「無事に回収できたのはその一体だけじゃったよ。瘴気まみれで機能を停止しているその状態を、無事と表現するのならじゃが。まったくもったいない」

女神トレールールはそう言って、イチゴシェークが入ったグラスを持ち、ストローを吸う。

彼女はシルフの力を手にし、あふれる瘴気から風の結界で身を守りながら、元女神テトがいた空間に入り、ホムンクルスのアルファを回収してきた。

「それで、どうだったんだい？」

コショマーレが尋ねたところ、トレールールはグラスを置いてため息をつきながら語った。

「うむ、やはり妾（わらわ）の見立てに間違いはなかった。このアルファと名付けられておったホムンクルスは、そこのニーテとかいうテトからもらったホムンクルスとは違う。テトが作ったのは間違いないようじゃが、元をたどればメティアスの力が大きく作用しておった。おそらく、このホムンクルスがテトの本に細工し、メティアスの復活をテトに知られないようにしておったのじゃろう。テトがこのホムンクルスにメティアスの意思が宿っていたことに気付いておったのかは、いまとなってはわからぬが、おそらく……」

トレールールは言葉を濁し、再びグラスを手に取った。

「はぁ……弱ったね。テトとメティアスの関係を考えて、メティアスの魔神化のことをテトに黙っていたツケがこんなところに回ってくるとは」

コショマーレはそう言って後悔した。

もともと、テトとミネルヴァは主人と家臣の間柄にあったが、そのテトの主家の先祖がメティアスの家だった。それだけでなく、メティアスは女神となったばかりの頃のテトの教育係であり、どこか姉のように慕っている節もあった。

そのこともあり、メティアスの魔神化のことは、テトには黙っていたのだが、まさかメティアスの息のかかったホムンクルスが潜んでいようとは、コショマーレたちには思いもよらなかったのだ。

「とりあえず、こっちは準備が整ったわけだが、どうするんだい？」

セトランスは、コーヒーの入ったカップを片手に尋ねた。

もともとサラマンダーの力を得ていたセトランスに加え、ダイジロウの力を借りてライブラはウィンディーネの力を得た。大精霊の力を得た二柱の女神の力を使い、コショマーレがノームの力を己に吸収し、最後にトレールールがシルフを取り込んだ。

ここにいる四柱は大精霊の力を手にし、瘴気を吸収して強くなった魔神たちとも渡り合える力を手にしたことになる。

魔神の居場所もおおよその見当が付いた。

「さて、どうするかね。本来、こういうときはテトが決めてきたからね」

コショマーレはため息をついてほうじ茶を飲んだ。

女神の行動は、テトが災厄から逃れる方法を探し出し、決定してきた。彼女の本はある種、未来を見ることができる本であり、失敗することがなかったのだ。

だが、今回、アルファの手引きにより本に細工がなされ、女神たちは魔神たちに裏をかかれた。

ミネルヴァが魔神側に堕ちていることを見抜けなかった。

一度の失敗が、テトを失ったいまが、女神たちを動かす機会を奪っている。

勝てるだろう、成功する可能性が高い、そう思っても女神は動けない。

女神はギャンブルで動いてはいけない。

なぜなら、女神がギャンブルをする場合、その掛け金は世界そのものなのだから。

それでも動かなければいけなくなったとき、その成功率を一パーセントでも上げないといけない。

「そこのホムンクルス、なにか意見あるかの？」

「え？」

突然、トレールールに話を振られたニーテは、周囲を見回した。

当然、自分以外にホムンクルスはいない。まさか機能停止しているアルファに問いかけているわけではないだろう。

こんな場所で発言をすることになるとは思わなかった。

いくらお調子者キャラといっても、時と場合を考える。

この場が冗談を言える雰囲気ではないのは百も承知だ。

(くそっ、ピオニア姉さん、マスターを起こす用事があるからって、あたしに仕事を押し付けやがって……恨むぞ)

と心の中で呪詛を連ねるが、この言葉も、読心術を持つ女神たちには筒抜けだと思うとそれ以上心の中で悪態をつくわけにもいかない。

「……あたし……いえ、私が思うに、私のマスター、イチノジョウ様の動きを待つのはどうでしょうか？」

「あの子をかい？」

コショマーレが尋ねた。

確かにイチノジョウは成長促進と無職スキル、規格外の能力を持ってはいるが、それを除けば普通の人間だった。

そこまで大きな期待を抱いていたわけではない。

「ええ。イチノジョウ様はいま、魔王のレベルを上げて、魔神に対抗するための力を蓄えています。ライブラ様もご存じですよね？」

「はい、彼の魔王の戴冠に立ち会いましたから」

ライブラが頷いた。

さらにニーテは言葉を選んで続けようとするが、どうせ全部心を読まれてるんだと思って、少し開き直って言った。

「マスターは、むっつりスケベのくせに恋人に義理堅くて、でもほかの女性の好意を無下にできなくて二股みたいなことをして、どちらも幸せにすると奔走しながらもずっと罪悪感を抱いている優柔不断な男だけどさ。やるときはやる男だぜ？　マスターが今回の事件を止めると言ったのなら、きっとなんらかの成果を上げるに決まっている」

「ニーテと言ったね。私たち女神が手に負えるかどうかわからない魔神の対処を、たかが人間のあの坊やが解決できるというのかい？」

「その女神の力を止めたのだって、勇者（にんげん）だっただろ？」

睨みつけるセトランスに、ニーテは言い返した。

セトランスの魔力を込めた槍を切り落としたアレッシオのことを言っているのだろう。

あのときのことを思い出し、セトランスが奥歯を噛みしめて彼女を睨みつけた。

一触即発の雰囲気の中、場の空気を読まない声が上がった。

事の発端となったトレールールだ。

「妾は気に入った。奴に任せるというのはよいではないか。なにより、妾たちが直接動かないでいいというのは楽でよい」

「トレールール、ふざけている場合ではありません」

ライブラが窘めるが、トレールールは笑って言った。

「ふざけてはおらぬよ？　魔王のレベル３００のスキルがあれば、確かに魔神に対抗できる可能性があるやもしれぬ。というより、我々女神は人間に攻撃することは許されておらぬ。勇者とその仲間だけでも倒してくれたら、魔神を倒せる可能性が高まるじゃろ？」

トレールールの言葉は意外と的を射ていた。

ニーテは知らなかったが、セトランスが勇者に止められたのも、本を正せばそれが理由だった。

（というか、え？　女神って人間に攻撃することができないの？　それって本来は誰にも知られてはいけないことじゃないの？）

ニーテは聞いてはいけないことを聞いたような気がして、慌てて耳を塞ごうとするが、

「ホムンクルス、ここで聞いたことは誰にも言ったらダメじゃぞ」

先んじてトレールールに釘を刺された。

頼まれたって言いたくない。

というか、早く解放されたい。

「また、女神が雁首を揃えてなにしてるのかしら？」

突然扉が開き、ミリが入ってきた。

「日本ではね、こんな風に意味のない話し合いをしている人たちに対して、こう言うのよ」

「事件は会議室で起きてるんじゃない、現場で起きてるのデス！」

一緒に乱入してきたシーナ三号が、ミリの言おうとした言葉を奪うように言った。

まったく空気を読めないその言動を見て、ニーテは心の底から「バカって羨ましい」と思った。

セリフを奪われたミリは、シーナの頭をひっぱたきながら言った。

「私が生まれるより前の映画のセリフだけどね」

「そうは言うが、レインボーブリッジを封鎖すれば事件が解決するような簡単な話ではないのじゃぞ」

どうやら、その映画シリーズについて、ある程度知識があるらしいトレールールが椅子を傾けながら言い、イチゴシェークのおかわりをニーテに注文した。

「本当に女神が聞いて呆れるわね。事件は結構単純な話なの。あんたたちのことだから、魔神たちがアランデル王都中央迷宮の中に潜伏していることも、テトがいまだに完全に魔神に堕ちていないことも気付いているんでしょ？」

ミリの問いに、コショマーレは重い腰を上げて言った。

「回りくどいのはなしにするよ。あんたは自分の心を隠すのが上手だ。私たちの読心術も効きやしない。だから、私たちも素直に言う。あんたがいま言ったことはこちらも把握済み。それでも、こっちは八方塞がりとは言わないが、手をこまねいている。なにか打開策があるのなら、はっきり教えな」

湯飲みの中のほうじ茶の表面に、波紋を作り出す。

空気が微かに震えていたのだ。

スキルもなにも使わず、空気に影響を及ぼす女神の威圧に、ミリはたじろぐどころか笑みさえも浮かべて言った。

女神たちが望んでいた、現状を打開するための策を。

◆◆◆

「はぁ…………はぁ…………次の魔物は……まだ来ないのか」

さすがにこうも戦いが続くと疲れがたまってくる。

ハルに尋ねながら、俺は少しずつ呼吸を整える。

スタミナヒールをかける頃合いか？

いや、その前にハルにスタミナヒールをかけるのが先かもしれない。

敵にとどめを刺さずに足止めをするという戦闘スタイルは、普通に戦うよりも体力の消耗が激しい。

「……いえ……もう一匹、ブラックタイガーが来ています」

ハルの言う通り、黒い虎が落ちているドロップアイテムを避けて移動し、近付いてきた。

俺はその虎目がけて、プチファイヤを無詠唱で放つ。

魔王のレベルが上がり、低ランクの魔法なら無詠唱でも威力を変えずに放つことができるようになった。

小さな火の玉が、ブラックタイガーにぶつかると同時に巨大な火柱へと変貌した。

ただのプチファイヤなのに、魔攻値が上がりすぎたせいで、とんでもない威力になっている。

「これはメガファイヤではない、プチファイヤだ」

俺は冗談で言った。

そんなつまらない冗談を言ってしまうくらい、俺は疲れているのだ。

もちろん、ブラックタイガーは俺の言葉を聞く前に絶命し、黒い虎の毛皮と魔石を残して消滅している。

【イチノジョウのレベルが上がった】

何度聞いたかわからないレベルアップ通知。

だが、これで魔王のレベルは２９９まで上がった。

「レベルが２９９、あと１レベルだ」

今日がちょうどミリとの約束の五日目だ。

予定の一週間より二日も早く終わりそうだ。

今朝までの情報では、ベラスラでの魔物の発生は小康状態になりつつあるという。だが、さらに遠いゴマキ山の迷宮は、かなり魔物があふれ、近くに住んでいた村人たちは避難を始めたらしい。

同様のことが世界中で起こっている。

もう休んでいる時間はあまりない。

ラストスパートだ。

浄化（クリーン）で汗や埃の汚れを綺麗に洗い落とし、スタミナヒールで体力を回復させた。

「ハル、魔物はまだ来ないのか？」

「はい、まだ来ませんね」

彼女はその嗅覚で、気配探知以上に魔物の出現を把握できる。

本来なら、俺が経験値を独り占めせず、ハルとキャロに経験値を分けたいのだが。

「悪いな、ハル、キャロ。この埋め合わせは必ず。そうだ、この戦いが終わったらどこか行きたいところはあるか？」

「行きたいところですか？　そうですね。東大陸の無限迷宮という最も広い迷宮……いえ、北大陸にある地獄迷宮という、世界で最も難易度が高いといわれている迷宮にも行きたいですね」

「いいですね、北大陸。あのあたりは貴金属や宝石の採石場もあるので、安く仕入れられそうです」

ちょっとしたリゾート旅行を提案したつもりだったのだが、ハルとキャロは戦闘と商売のことしか考えていないのか。

まぁ、そのほうが俺たちらしい。

とりあえずスタミナヒールをかけ、体調を整える。

「ご主人様、朗報です。近くに湧きまし……これは……魔竜ではありません」

この階層に現れたのに魔竜じゃない？

ということは、ここに来てレア種の出現か。

よしっと俺は気合を入れる。

レア種は経験値が多い。もしかしたら、これでレベル３００を達成できるかもしれない。

確か、この階層のレア種は、ケルベロドラゴン。三本首が生えた、ゴマキ村のボスのヒドュラみたいな魔物だったはずだ。

これまで何度か倒してきて、レアメダルを手に入れていた。

しかも火、闇、雷の耐性が高い。

ここは氷のアイスで、一発で仕留めるべきだろうな。

と、思ったときだった。

近付いてきたのは、確かに魔竜ではなかった。

だが、ケルベロドラゴンでもない。

首が三本ではなく、八本あったからだ。

「これってケルベロドラゴンの変異種か？」

「イチノ様、それはレジェンド種です」

「レジェンド種？」

キャロが言うには、レア種とひとくくりに言っても、その種類は、単純にレア種、エピック種、レジェンド種と三種類に分かれるらしい。

レジェンド種はほかの二種類に比べて出現率が遥かに低く、その分ドロップアイテムは豪華。

そして、ほかの二種類より遥かに強いという。

「ご主人様、お気を付けください。名称こそ不明ですが、威圧感からして、魔王竜よりも遥かに強い竜です」

ハルが俺に警戒を促す。

そんなの言われなくてもわかる。

こいつは化け物だ。

名もなき竜の王だ。

「よし、試してみるか」

これまで、迷宮での戦いはメガファイヤやメガアイスなど、メガシリーズまでしか使ってこなかったし、レベル２００になってからはそのメガシリーズも封印してきた。

だから、俺はいまいちわからなかった。

果たして、魔王レベル２９９になったいま、俺の魔法はどの程度まで威力が上がっているのか？

「ハル、キャロ、なにがあるかわからないから気を付けてくれ！」

俺は王笏を構え、魔力を集める。

目の前の名もなき竜の王は、八本の首を一カ所に集め、それぞれの口に魔力を集めた。

放ったのは、名もなき竜の王のほうが早かった。

八つの魔力の塊がひとつに合わさり、レーザービームのように俺に迫ってきた。

だが。

「世界の始動(ビッグバン)」

遅れることコンマ数秒、俺がそう叫んだ直後、まばゆい光とともに耳がキーンとなり、静寂が訪れた。

無音が止まったと思ったら、ガラガラとなにかが崩れる音が聞こえてくる。

【イチノジョウのレベルが上がった】

レベルアップのメッセージとともに、レベル３００のスキルを覚え、再度魔王のレベルがカンスト状態になったことがわかった。

だが、そんなのどうでもいい。

「イ……イチノ様、キャロもレベルが上がりました。つまり、魔王のレベルが３００になったということで……よろしいのですよね？」

「……おめでとうございます、ご主人様。ですが、これは……地上は大丈夫なのでしょうか？」

キャロだけでなく、ハルも動揺が隠せないようだ。

当たり前だ。

目の前の空間が消失していた。

直径五百メートルくらいの大穴が開いている。

「なんだ、迷宮の壁って、なにをしても壊れないんじゃなかったのか？」

「はい、迷宮の壁が崩れたという記録は、長い歴史を紐解いても残っていません」

壁はおろか、天井も床も根こそぎ消失している。

こんな巨大な空洞ができてしまったら、落盤とか起こるんじゃないか？

そう思ったら、黒い糸のようなものが現れ、シュルシュルと結びついていき、消失した大地や天井、床、壁を修復する。そして、修復されたそれらはクリーム色になったかと思うと元通りの石壁、石床、石天井が再現された。

「「「…………」」」

三人揃って無言になる。

え？　なに、いまの？

トラップドールの落とし穴を取り除いたとき、修復される迷宮の様子を見たことがあったが、今回は全然違う。

まるで、生き物の細胞が回復するみたいだ。

もしかして、迷宮って、実は巨大な生物の腹の中なんじゃないかと思えてくる。

「気持ち悪い」

「はは、そうですね。知らなくてもいい世界の一端を見てしまったみたいな気分です」

キャロはそう言って修復された壁に手を触れた。

俺も続いて触れてみるが、修復されたと言われなければ、なにが変わったかもわからない。

ふと足元を見ると、レアメダルが五枚と魔石、それと綺麗な宝石が落ちていた。

宝石鑑定で見ると、《竜の目(ドラゴンズアイ)》という名前の、闇、火、水、風、土の属性の力を秘めている伝説級の宝石なのだとか。

「うーん、これを使った装飾品が欲しいが、レシピでこんなものを使うものはなかったよな」

「スキルを使わずに作れないでしょうか?」

「スキルなしに?」

キャロの提案に、俺は思わず考えた。

そういえば、この世界のすべてのものがスキルで作られているわけではないだろう。

テーブルひとつにしても、きっとスキルを使って作っている人と、スキルを使わずに作っている人がいるに違いない。

どうも、スキルが簡単に手に入るせいで、スキルで作るのが当然だと思い込んでいた。

成長チートの弊害だな。これは反省しないといけない。

「ほかの魔道具を作って、宝石部分だけ入れ替える……いや、素人が下手に弄って、爆発オチは勘弁だな」

　魔道具作りなら、ピオニアかダークエルフに相談することにしよう。

　とりあえず、アイテムバッグに入れた。

「よし、地上に戻るか」

　俺は転移陣のある部屋に行き、地上に戻ることにした。

　迷宮の中だと時間の感覚が狂うが、いまは夕方だった。

　なんか、いつもより人が多い気がした。

「おい、あんた！　迷宮の中は大丈夫だったか⁉」

　何度か見たことがある自警団の男が俺に尋ねた。

「大丈夫ってなにが？」

「地震だよ！　知っているか？　俺はよくわからんが、遥か地中にいる大ドラゴンが暴れ回って地面が揺れるらしい」

　なんだ、それ？　ナマズが暴れているみたいなことか？

　こっちの世界に来た日本人が正しい地震のメカニズムを教えていると思うが、世間には浸透していないらしい。

　それとも、本当にアザワルドでは地面の下にドラゴンがいて、暴れることで地面が揺れることがあるのだろうか？　異世界だし、絶対にないとは言い切れない。

「このあたりじゃ何百年も起こっていなかったんで、知らない奴は魔王が復活したんだって大騒ぎだ。まぁ、ほかの町だと魔物が活性化してるなんて情報もあるし、魔王の復活に合わせてドラゴンが暴れたんだとしたら、あながち間違いじゃないかもしれんがな。お前も揺れを感じただろ？」

「いえ、全然わかりませんでした」

俺はそう答えた。正直、地震が起こったことなど、まったく気付かなかった。

地震大国の日本に住んでいたせいで、地震に対して鈍感になっているのかもしれないな。

まぁ、魔王が復活したというのはあながち間違えていないが。

自警団の男は「そうか、迷宮の中には影響が出なかったのかもな。ただ、なにがあるかわからないから、今日は迷宮の立ち入りを禁止することにした。あんたも今日は入れないぞ」と言って、俺を迷宮から遠ざかるように促す。

なるほど、地震が起こって驚いた人たちが外に出てきたから、こんなに町が騒がしいのか。

この時間なら、町の外で働いている人も家に帰ってくる時間だから、余計に人が多く感じるのだろう。

この町ってこんなに人がいたんだ。

「……イチノ様……地震というのは」

「ご主人様……時間的に見ておそらく」

うん、キャロとハルが言いたいことはわかっている。

絶対、俺の魔法が原因だよな。

参った、ここまで地上に影響が出るとは思わなかった。

魔力増幅させたらどうなるんだ、これ？

周囲を見ると、建物の壁が崩れたりはしていない。

地震が何百年も起こっていないというのなら、建物の耐震強度なんてあってないようなもんだろう。多くの人が気付くような揺れがあり、それでも建物に損害がないということは、震度四か震度五弱くらいだろうか。

「あの……その地震で怪我人はいませんでしたか？　いるなら回復魔法が使えるので治療に向かいたいのですが」

「ん？　いや、怪我人が出たって報告は来てないな。いちおう、教会に行ってくれないか？　怪我人がいたら、神父さんのところに薬をもらいに行くはずだから」

自警団の男は「回復魔法が使えるのか、凄いな」と俺を褒めた。

「わかりました。ありがとうございます」

俺たちはその足で教会に向かった。

教会には十人くらいの人が避難し、女神様に祈りを捧げていたが、神父様の話では怪我人はいないとのことで、少しほっとした。

マーガレットさんのところに戻ると、ミリがすでに戻っていた――のだが？

「ミリ、どうしたんだ、その恰好？」

いままでは黒っぽいセーラー服を着ていたのに、なぜかいまは白いセーラー服を着ている。

冬服から夏服に衣替えをした感じだ。

「おにい、まずは『似合ってるぞ』って言うべきじゃないの？」

「よくお似合いです、ミリ様」

俺の代わりに、ハルがミリのセーラー服を褒める。

「マーガレットさんからもらったのよ。前に私の服を見て、仕立ててみたんだって。確かに最初に会ったとき、彼女、私の服を熱心に見ていたけれど、それだけで、ここまで仕立てられるのは才能よね」

ミリはスカートの端をつまんで言った。

「確かに、よくできているな。うん、似合っている」

「別に、おにいに褒められても嬉しくないけどね」

嬉しくないのなら、さっきの注意はなんだったのか。

「イチ君、お帰りなさい。ご飯の準備はできてるわよん♪」

エプロン姿のマーガレットさんは、大量の焼いた肉が載った皿をテーブルに並べていく。

間違いなく、俺が渡した魔竜の肉だ。

多くはハルの嗜好品である干し肉の材料と、大飯喰らいのナナワットの餌にしているが、それでも何百トンと残っている。

お世話になっているマーガレットさんにも十キロほどお裾分けした。

さすがに全部焼いてはいないが、しかし、三キロくらい焼いているんじゃないだろうか？

せめてサンチュくらいあればいいのだが、テーブルの上には肉のほかにパンがあるだけで、葉もの野菜は見つからない。

　ただ、隣で平静な顔をしているハルの尻尾が大きく揺れているので、今晩の夕食は彼女にとって最大のご褒美だった。逆に小食のキャロは食べる前から胃がむかついているような顔をしている。

　俺は忘れないうちに、マーガレットさんにお礼を言うことにした。

「マーガレットさん、ありがとうございます。部屋を貸してもらっているだけでなく、ミリのために服を仕立ててくれて」

「気にしないで。私、男の子も大好きだけど、可愛い服を作るのも大好きなの」

　マーガレットさんは最後にスープの入っている皿を並べた。

　ノルンさんは、今日の地震の被害調査を行うため、夕食には間に合わないようだ。

　あとでしっかり謝っておこう。

　肉は美味しかったが、案の定キャロが少しだけつらそうだったので、ミリに頼んで胃薬を処方してもらった。

　部屋に戻った俺たちは、お互いの現状を報告したうえで、今後の予定を立てることにした。

「魔王のレベル３００になったんだ。おめでとう、おにい。限界突破薬、もう一本いっとく？」

　ミリは両手で限界突破薬を持ち、俺に差し出した。

「栄養ドリンクや点滴みたいに勧めんな。貴重な薬なんだろ？　それに、魔王はこれ以上レベルを上げるつもりはない」

「どうして？」

「正直、魔王の力は強すぎる。そりゃ、力があればって思うことはこれまで何度もあったけど、でも、いつかこの力に呑み込まれるんじゃないかと不安になる。この戦いが終わったら、第一職業は平民にでもするつもりだ」

「うん、そのほうがいいかもね」

ミリにも思うところはあるのだろう、共感するように頷いた。

もしかしたら、彼女も魔王の力に恐怖したことがあったのかもしれない。

だが、ファミリス・ラリテイとして多くの魔族を纏める立場にあった。

俺と違って、魔王を辞めたくても辞められなかったのかもしれない。

「ミリ、お前も今回の旅が終わったら、魔王を辞めてほかの職業になるか？」

「うーん、考えておくよ」

ミリは答えを出さずにそう言った。

そうだな、それでいいと思う。

「そうだ、ミリの魔神対策ってのはうまくいったのか？」

「まぁね。勝率が一割から一割五分くらいには上がったかな。まぁ、分が悪い勝負であることには変わりないから、勝てないと思ったらすぐに逃げてね」

「え……勝率ってそんなに低かったのか？」

てっきり魔王レベル３００になったら、少なくとも七割から八割くらいの勝率があると思っていた。

「おにい、相手は魔神と魔王と勇者よ。元無職のおにいが五日間頑張っただけで勝てるほど甘くないよ」

ごもっとも。

「ご安心ください、ご主人様！　万が一のときは私がご主人様の盾となり、逃げる時間を稼いでみせます」

いや、ハルさん。そこは俺が時間を稼ぐからあなたが逃げてください。

と言っても無駄なのはわかっている。

というか、俺も危なくなったら逃げるとかいつも言ってるのに、逃げ切れたことは一度もない気がする。

魔王からは逃げられないってミリは言っていたけど、俺って最初はコボルトからも逃げられなかったんだよな。

「明日、アザワルド王都に行く。ハル、俺についてきてくれ。キャロは……」

「キャロもついていきます。命令でも従いません」

キャロは強い意志を込めて俺に言った。

ハルは絶対についてくるとわかっていたし、彼女なら自分の身は自分で守れると思う。だが、キャロは魅了（チャーム）の魔法を含め、精神作用のある魔法を使えるといっても、万能ではない。ここに残ってもらう選択肢も俺の中にあったが、彼女の意思を尊重することにした。

「……あぁ、魔物があふれることになったら、最悪キャロのスキルで魔物を誘導してもらわないといけないからな。ただし、無茶だけはするなよ。危ないと思ったらすぐに逃げるんだ」

「おにい、それ、私がおにいに言ったことだよ。それと、はい、これ」

ミリは俺に一通の手紙を差し出した。

「それは？」

「この町の冒険者ギルドのギルドマスターからもらった推薦書。王都に魔物があふれている緊急事態である以上、王都の検問が強化されているかもしれないし、迷宮に入ることだってできないかもしれないでしょ？　でもこれがあれば、少なくとも凄腕の冒険者であることを証明することはできる」

「検問くらい、准男爵のブローチでなんとかなるんじゃないか？」

「他国の準貴族の身分なんて、緊急時ではむしろ邪魔でしょ。誰が好き好んで自国の弱みを他国に晒すのよ。それに、おにいはまだ準貴族だからいいかもしれないけど、もっと上の爵位になれば、王都内で怪我したってだけで国際問題になるかもしれない。そんな人を魔物があふれる町に入れるわけないでしょ？」

言われてみればその通りだ。

考え足らずな兄で恥ずかしくなる。

「明日の早朝、夜明け前に馬車でここを出ましょ。おにい、明日はハルワが一日御者をすることになるから、早めに寝てね」

「わかっているよ。俺だってそこまで無節操じゃない」

「私はただ、ハルワの性格上、主人であるおにいより先にこの子が寝るとは思えないから、おにいにも早く寝てねって言っただけなんだけど」

穴があったら入りたい。


夜明け前。

仕事を終えて帰ってきたノルンさんに事情を話した。

「お兄さん、ミリちゃん、私も一緒について――」

「ダメよ、ノルン。悪いけど、足手まとい」

「キャロちゃんの護衛くらいなら……」

「この子の実力からして、自分で対処できないような事態になるときはノルンの手にも負えないわ」

ミリがハッキリとノルンさんに告げる。

彼女も、俺と初めて会ったときよりだいぶレベルが上がり、強くなっている。いまなら、ノルンさんを襲った山賊と同じレベルの悪人に襲われても自分で対処できるだろう。

しかし、キャロはそれよりも強くなっていた。

スキル無しの肉弾戦ならノルンさんのほうが強いかもしれないが、なんでもありの戦いとなったら、キャロのほうが遥かに強い。

少し辛辣な気もするが、ミリなりの優しさかもしれない。

「ノルンさん。この町の迷宮は、俺たちが上級者用迷宮で討伐していたから魔物があふれる現象が起こらなかったみたいですが、俺がいなくなったら魔物が発生するかもしれません。だから、ノルンさんは俺たちが戻るまで、この町を守っていてください」

「……はい、わかりました。そういえば、食事を奢ってもらう約束もまだ果たしてもらっていませんでしたしね」

「ですね」

少し悔しそうなノルンさんは、それでも笑って俺たちを見送ってくれた。

マイワールドに戻り、ニーテに《竜の目(ドラゴンズアイ)》を預けた俺は、フユンが曳く馬車に乗り地上に出た。

普段からナナワットと一緒にマイワールド中を走り回っていたこの馬の力は、以前にも増して力強く感じた。

やるべき準備は終わらせた。

まずは真里菜と合流。

そして、魔神との勝負だ。

第三話　勇者からの招待状

フロアランスからアランデル王都に向かう途中、いくつか町を通ることになるのだが、その町には大勢の人が王都から避難してきていた。

なかには、これからフロアランスやベラスラに向かう人もいて、俺たちの馬車に空きがあることを知ると、一緒に乗せてほしいと願い出てくる者もいた。

俺たちの行き先がフロアランスではなく、王都であることを伝えると、本気で心配されて行かないように止められた。

これまで王都は迷宮の入口から魔物を出さないために戦力を集中させていたが、いまではその防衛ラインを大幅に後ろに下げ、町から外に行こうとする魔物に対しては追わず、王都の中心、特に貴族街や王城に近付く魔物を重点的に倒すように方針を転換したという。

身の危険を感じた王都の住民の多くは、教会や、一部開放された貴族邸宅の敷地内に避難しているそうだが、いつまでもつかわからないそうだ。

彼らの話を裏付けるように、王都に近付くにつれ、避難民の数も増えてきている気がした。

あまりに流れと逆の方向に進んでいるので、まるで高速道路を逆走しているかのような気分だ。

避難している人の中には、人形を宝物のように抱いている小さな子供もいて、少しでも事態が好転するようにしないといけないと思った。

やがて、王都の影が見えてきた。

この西大陸最大の都市だそうで、同じ国の首都でも、ダキャットの町より遥かに大きい。マレイグルリを一回りも二回りも大きくした感じだろうか？

すれ違う避難民たちの数はだいぶ減ってきた気がする。

城門にたどり着く頃には、俺たち以外の馬車は見かけなくなっていた。

「アランデル王都になんの用だ？」

衛兵の口調はどこか荒い。

偉そうというよりかは、疲れ切っているようだ。

「この町で魔物を狩れば、通常の倍の報奨金が出るって聞いてな。これが冒険者ギルドからの推薦状だ」

俺もまた偉そうな態度で言った。

こちらは女性三人、うち見た目が子供の女性がふたりもいるのだから、せめて男の俺が自信満々に対応しないと、推薦状を持っているといっても疑われるかもしれないとミリに言われたからだ。

案の定、衛兵はミリとキャロを見て、

「そのふたりも戦えるのか？」

「当然だ。ふたりとも魔術師だからな。なんならあんたが戦ってみるか？」

挑発ともとれるその物言いに、衛兵は首を横に振った。

普段なら腹が立つだろうが、いまは少しでも戦力となる人が欲しい。そう言っているような気がした。

「通っていい。非常時だし、冒険者ギルドからの推薦状もあるから入町税もいらん」

衛兵から、町の中での注意事項を伝えられた。

特に魔物の被害が多いのは西側の住宅街と東側の歓楽街で、魔物退治をしたければ東側に行ってほしいと言われた。住宅街のほうが守らなくてはいけないいんじゃないか？ と思ったが、キャロから、衛兵は住宅街としか言っていないが、その実情はスラム街であることを小声で教えてもらった。

食料については完全配給制になっていて、毎日正午と夕方五時の二回、町の三カ所にある教会と男爵家の庭で行われているらしい。

食料に余裕があれば、寄付してほしいと言われた。

魔竜の肉が腐るほどあるので、こちらにもお裾分けしておこう。

俺は昨日食べすぎたので当分肉はいらない。

「あと、馬車は厩に預けるんじゃなくて冒険者ギルド提携の従魔用の小屋に停めることを勧めておく。警備はしているが、それでも馬泥棒が後を絶たん」

「情報を感謝する」

俺はそう言って門を潜った。

当然、馬車は冒険者ギルド提携の従魔用の小屋ではなく、マイワールドに戻し、俺たちは真里菜に合流すべく彼女のいる場所に向かった。

王都だというのに、店はまったく開いていないどころか、人影もほとんど見えない。

大通りの家も一部の木の扉が破壊され、中が荒らされているようなところもあった。

魔物の仕業か、それとも火事場泥棒の仕業かは俺には判断できない。

とりあえず、キャロの案内で俺は真里菜のいる場所へと向かった。

「ご主人様、魔物が近付いてきます」

ハルが、大通りを歩く大きなトカゲ人間の群れを発見した。

「リザードマンか」

「いえ、あの色はレッサーリザードマンですね。リザードマンより弱いです。ご主人様の敵ではありません」

ハルがそう言って剣の柄に手を当てたそのときだった。

彼女はなにかに気付き、剣の切っ先を僅かに下げた。

どうしたんだ?

と思ったら、ひとりの金色の髪の美少年が細い通路から飛び出し、細剣でレッサーリザードマンたちの胸を刺して地に沈めていった。

ダンジョン生まれの魔物は、倒されたあとは死体ごと消えさり、魔石と鱗、そして湾曲した剣を残して消えていった。

剣士か？　と思って職業を調べたら、職業は【貴族：ＬＶ18】だった。

貴族は落ちている魔石などのドロップアイテムには目もくれず、俺たちのほうにやってきた。

「ありがとうございます、助かりました」

とりあえず、礼を言っておくことにした。

「ふん、別に僕が倒さなくても君たちなら問題なかっただろう」

その貴族は、俺たちの強さを見抜いたのか、特に恩を着せることもなくそう言った。

そして、ハルのほうをじっと見る。

……もしかして、ハルに一目惚れしたのか？

と思ったら違った。

「ハルワタート、久しぶりだな」

「ご無沙汰しております」

「うむ、元気そうでなによりだ。そうか、奴隷からは解放されたのか」

ん？

ハルの奴、この美少年と知り合いなのか？

いったいどこで……もしかして、俺と離れている間に――

「しかし、僕も修行して強くなったと思っていたが、ハルワタート、其方はさらに腕を上げたようだな。この様子だと、約束を果たせるのはさらに先になりそうだ」

「楽しみに待たせていただく所存です」

約束だと？

しかも楽しみだと？

いったい、この美少年とハルの間にどんな約束が交わされたというのか？

ヤキモキしている俺を横目に、彼は次にキャロのほうを見た。

「あのときは僕の我儘で迷惑をかけた」

「いえ、キャロはもう気にしていませんから」

こいつ、キャロともなにかあったのか？

「ハルワ、この貴族と知り合いなの？」

俺の聞きたかった質問をミリが代わりにしてくれた。

「はい、ミリ様。ご主人様と出会う以前に、奴隷だった私を買おうとなさった貴族様で――」

俺と出会う以前にハルを買おうとしていただと。

そんな奴がいるなんて……ん？

「お前って、もしかしてオレゲールかっ⁉」

「その通りだが、どうしたんだ？　急に」

「いや、お前って、こう、なんというか、全体的に丸みがあっただろ？」

オレゲールは、その昔、ハルを買おうとしていた貴族だった。

最初はこいつの我儘な立ち振る舞いもあり、かなりムカつく貴族だと思ったが、命がけでキャロを守ろうとするなど見所もあった。

そして別れるときには、ハルといつか手合わせをする約束もしていた。

ただ、あのときのオレゲールは、控えめに言ってぽっちゃりというか、少なくとも美少年という感じではなかったはずだ。

「本当に失礼な奴だな。確かに少し痩せたかもしれないが、驚くほどではないだろ」

いやいや、驚くぞ。

何回脱皮したんだってくらいに変わっている。

変わりすぎて逆にライ◯ップのCMに使われないレベルだ。ビフォーとアフターが別人だ。

こいつ、痩せるとこんなにカッコよかったのか。それに強くなってるようだし、もしも、一年前、こいつがハルと出会ったとき、いまのオレゲールの姿だったらハルは素直に買われていたかもしれない。よかった、本当にあのときは太っていてくれて。

「こんなところでなにをしてたんだ？　家を追い出されたのか？」

貴族の坊ちゃまが、魔物が跋扈する王都を散歩しているとは思えない。

「そろそろ不敬罪を適応してもいいかもしれないな。イチノジョウ、お前も准男爵になったようだが、准男爵と男爵の間には越えられない壁があるのを忘れるんじゃないぞ。僕だから寛大な心で許してやるが、ほかの貴族にそのような口ぶりで話せば下手すれば手打ちになるぞ」

江戸時代の切捨御免みたいな制度、こっちにもあるのか。

オレゲールは怒っているというより、本気で俺のことを心配しているようだった。

「僕は単に見回りをしていただけだ。民を守るのが貴族の仕事だからな」

オレゲールは言った。

こいつ、痩せて、見た目だけでなく心までイケメンになったんじゃないか？

「ん？　俺が准男爵になったことを知っているのか？」

「ああ、お前のところのマリナはうちで預かっているからな。彼女から聞いたんだ。結構、落ち込んでいたみたいだぞ」

え？　真里菜って宿じゃなくてオレゲールの家にいたのか？

キャロは知っていたのか。

でも、真里菜とオレゲールの間にはなんの接点もなかったはずだが。

「とにかく、お前が来てくれて助かった。頼む、力を貸してくれ」

プライドの高かったオレゲールがいきなり俺を頼ってくるとは、やはり魔神がらみの事件だろうか？

待っていたのは真里菜でもなければ魔物の群れでもなく、

「おぉ、ちょうど野菜が焼けたぞ、ジョー！」

「野菜を焼いたら美味しいんだよ、ジョー！」

オレゲールの実家であるロブッティ男爵の庭で、のんびりバーベキューをしているジョフレとエリーズ、そして、ふたりが焼いた野菜をパクパクと食べ続けるケンタウロスだった。

ケンタウロスの奴、フロアランスから逃げたと思ったら、こんなところまで来ていたのか。いちおう、ジョフレとエリーズのことを主人と認めているのだろうか？

それにしても、ジョフレとエリーズが？　と思ったが、そういえば、ジョフレとエリーズ、そしてケンタウロスも俺と同様、オレゲールと一緒に行動したことがあった。

「イチノジョウ准男爵、よくおいでくださいました」

ジョフレとエリーズと一緒にバーベキューをしていた老執事のセバスタンさんが、俺に声をかけてきた。

「セバスタンさん、ご無沙汰しています。真里菜は中ですか？」

「ええ、マリナ様でしたらいまは疲れて寝ていらっしゃいます。起こして参りましょうか？」

「いえ、大丈夫です。寝かしておいてあげてください」

きっと、カノンを捜し回って疲れたのだろう。

「セバスタンは覚えていて、僕のことは忘れていたのか、君は」

オレゲールが文句を言うが、セバスタンは全然変わっていないから、間違えようがない。名前もセバスチャンに似ていて覚えやすいし。

「ところで、オレゲール。俺に力を貸してほしいことってなんだ？」

「あのロバだ。どれだけ食えば気が済むんだ。緊急事態で食料が心もとないというのに。セバスタンの命を救われたこともある手前、文句を言うことができん」

「あぁ、あれは無理。俺の手に負えん。いちおう、聖獣らしいから丁重に扱ってやってくれ」

「聖獣？　そういえば、古い伝承にそんな記述があったと思うが、冗談だろ？」

俺も冗談だと思いたいが真実だ。

「とりあえず、あいつが食べる食料なら提供するよ。おーい、ジョフレ。ケンタウロスの食事を分けるから来てくれ」

フロアランスの牧場に渡すはずだったが、そのままになっていた野菜類、小麦粉、そして米も含めてジョフレが持っていたアイテムバッグに移した。

ついでに、大量に余っている魔物の肉も入れておく。

「悪いな、ジョー。この恩は覚えていたら返す！」

一生、返ってきそうにないな。

「お前ら、教会から指名手配されてたはずなんだが、大丈夫なのか？」

さすがに教会もこの事態でジョフレたちに構っている余裕はなさそうだが、だからといって堂々とバーベキューをしているのはどうかと思う。

「え？　そうなのか？」

「知らなかったのか？」

「知らなかったな」

ジョフレはうーんと考え、

「ま、なんとかなるだろ！」

と白い歯を見せて笑った。

本当にお気楽な奴だ。

「おはようございます。あ、楠さんいらしていたんですね」

「真里菜、起きたのか」

いつもの服の真里菜が屋敷の中から出てきた。

腰には風の弓があり、いつもの帽子は被っていない。

「ちょうどよかった、楠さん。手伝ってもらっていいですか?」

「手伝うって?」

「炊き出しの準備です」

彼女は、俺の予想とは全然違う明るい笑顔で言った。


どうやら、オレゲールの家にケンタウロスの餌を賄えるくらい大量の食料があったのは、非常時に自分たちが食べるためでなく、町の皆に配るためだったらしい。

炊き出しの準備を始めると、どこからともなく人々が集まってきて、あっという間に長蛇の列が作られた。

「楠さんは料理を手伝ってください。キャロさんは青い木札を受け取って、食事を渡す手伝いをしてください。ほかの色の木札では交換できませんから気を付けて。ハルさんは申し訳ありませんが、贋作鑑定で偽物の木札が交じっていないか調べてください。これまで数が合わないことが多々ありましたので」

薄い塩スープに、野菜と余っていた魔竜、ブラックタイガー、その他いろいろな食べられる魔物の肉を一度ミンチにして、つくねにして入れる。

肉が入っていることに、スープを受け取った人たちは微かに笑みを浮かべた。

「助かった。肉まで提供してもらって。支援には限度があるから、食料の提供は非常に助かる」

「いや、ちょうど数百トン……？　数千トン？　よく数えていないが大量に余っていたんだ。消費できてよかったよ」

なにせ、魔竜は一回五十キロ、ブラックタイガーも一回二十キロの肉が手に入る。

それにしても……と、俺は真里菜を見た。

いまも笑顔で皆に食事を配っている。

「なぁ、オレゲール」

監督係として立っているだけのオレゲールに声をかけた。

「僕のことを呼び捨てにするのは定着したようだな。なんだ？」

「真里菜の奴、ずっとあの調子なのか？」

「あの調子とはどういうことだ？」

「なんというか、見ていて痛々しい」

俺の言葉に、オレゲールは俯いた。

そして、しばらく沈黙を保ったのち、口を開いた。

「お前もそう思うか？」

「あれだけ必死な真里菜は初めて見た気がするからな」

真里菜は人見知りな性格だ。

不特定多数が集まる炊き出しの場で働く度胸なんてなかったはずだ。

それだけでなく、カノンの行方がわからない状況で、あそこまで笑顔でいられるなんて、いままでの真里菜からは想像もできない。

成長したと言われたらそうかもしれないが、やはりどこか違う気がする。

「そうだな。カノンという者は僕は知らない。彼女がこの屋敷に来る前に行方知れずになったそうだ。この屋敷に来てからも、マリナは必死に捜していた。正直、見ているのがつらかった。僕も手を尽くしたが見つからず、そうこうしているうちに魔物が町にあふれるようになった。それからは、カノンを捜すのをやめ、毎日三回の炊き出しに参加しているだけでなく、夜の町で見回りをしては魔物退治に勤しんでいる。正直、昔の僕を見ているようだ」

「昔のお前？」

「ハルワタートにふさわしい主人になるべく、我武者羅に訓練し、成果を出すことができず、キャロルの誘惑士としての力を使って迷宮に潜った。そうでもしないと、不安で不安で仕方がなくなるんだ。やるべきことがすべて空回りで、自分でも間違っているとわかっていながら、それでも動かずにはいられなかった僕のことだよ」

オレゲールはそう言って、自嘲ぎみに笑った。

過去の自分を見ているようって言うなら、俺も同じだ。

就職先が見つからなかったとき、俺はハローワークに通ったり就職情報誌をもらって読んでみたり、就職の無料セミナーに通ってみたりと、見つからないことへの不安を行動することで隠そうとしていた。

「イチノ様！」

キャロが緊急事態だと言わんばかりに俺の名前を呼ぶ。彼女の傍らには、ひとりの疲れている様子の青年がいた。

「どうしたんだ？」

「こちらの方が、気になることを仰っていたのです」

「貴族様に、さっきの話をしろっていうのか？　話したら、本当に謝礼をもらえるのか？」

情報の収集に、キャロがお金をかけたという話はあまり聞いたことがない。

そんな彼女がお金を払ってでも俺に伝えたいと思った情報っていったい？

キャロが同意をすると、男は話しはじめた。

「見たんです、迷宮のほうに歩いていく勇者様を。勇者様がこの国に来てるんです。もうすぐこの国は救われる」

キャロが言うには、この男は炊き出しを配っていたほかの使用人に、スープの量を増やすように言っていたらしい。

「王都はもうすぐ勇者様に救われる。俺は見たんだ、迷宮のほうに歩いていく勇者様を。だから、飯をため込む必要なんてもうないんだぞ」

その言葉は、周囲の人間からは飯欲しさに嘘をついているようにしか思えなかった。だが、キャロは気になって男に尋ねた。

ほかに同行者はいなかったか？　と。

すると、男は、女が三人いたと答えた。

ひとりは小さな女の子、ひとりは茶髪の女、ひとりは白狼族の女だったと。

男はそのとき語ったことを、丁寧な口調で改めて俺たちに聞かせてくれた。

「ふん、嘘ならもっと上手な嘘をついたらどうだ？　勇者の仲間といえば、ハッグ様とダイジロウ様だろう。ハッグ様は男だし、ダイジロウ様は女性だが、小さくもないし、茶髪でもない人間族（ヒューム）だ」

オレゲールは呆れた嘘だと決めつけた。

ダイジロウさんが女であることは常識なのか。

だが、俺は違う。

小さな女の子というのは間違いなくクインスさんで、白狼族の女というのはタルウィだろう。

「茶髪の女性の特徴について詳しく教えてくれ」

男は頷き、詳細を語って聞かせてくれた。

「情報を感謝する。謝礼は食べ物と金、どっちがいい？」

俺は男に尋ねた。彼のもたらした情報は礼に値する。

「食い物です！　家には腹を減らした病気の妻が待ってるんです！」

「わかった。これを持っていけ」

俺はそう言うと、アイテムバッグから麻袋に入った小麦粉を取り出し、さらにその上に余っている肉を載せて渡した。

「こんなに……？　ありがとうございます、貴族様」

男は俺ではなくオレゲールに礼を言って、走り去っていった。

「イチノ様、いまの話……」

「ああ……茶髪の女性、特徴がカノンに一致するな。行方不明になったと思ったら、勇者と一緒だったのか」

「よくわからないが、イチノジョウはいまの話を真実と見たのだな。カノンと勇者様が一緒にいるとすれば、マリナも安心するだろう」

オレゲールはそう言うが、俺は全然安心できない。

カノンが勇者と一緒に行動する理由はなんだ？

もともとカノンと勇者は繋がっていたのか？

炊き出しを終えた俺は、屋敷の外壁にもたれかかり、考えた。

しかし、答えが出るはずもない。

このことを真里菜に話すか？

「カノンを悪魔族の魔王、タルウィを黒狼族の魔王にしようとしているみたいね、勇者たちは」

「――っ⁉　ミリ、急になにを」

いつの間にか横にいたミリが俺にとんでもないことを告げた。

「カノンが悪魔族の魔王⁉　それに、タルウィは白狼族だろ」

「トレールールに調べてもらっていたのよ。どうも気になってね」

ミリはその調べた内容を伝える前に、俺にある質問をした。

「白狼族はその種族の特性として、一夫多妻制なのはおにいも知ってる？」

「いや、知らないが、そうなんだろうなって思う」

ハルと話していて、なんとなくそう感じていた。

強い男が複数の女性を妻にするのは当然みたいに言っていたし、俺がキャロと結ばれたことも心から祝福してくれているようだった。普通、好きな人が自分以外の女性と仲よくなったら嫉妬くらいするだろう。

「まぁ、本来の白狼族は強い子孫を残すため、一夫多妻制じゃなくて、集団の中で、一番強い男と女だけが子供を作る種族だったんだけどね。私や勇者の支配下に入ってから変わったのよ。強いだけでなく、多くの子供を増やすために一夫多妻制に」

本当に戦士のルールだな。

ってことは、群れの中で二番目以降の男は一生子供を作れないのか。

なんか悲しいな。

「黒狼族も白狼族と同じように一夫多妻制になったんだけど、ただしひとつだけ条件があったの。それは、白狼族との間に子供を作ってはいけないっていうルールが」

「なんで白狼族だけなんだ？」

「優性遺伝と劣性遺伝……みたいなものかな？　黒狼族と白狼族の間に子供ができたとき、百パーセントの確率で白狼族が生まれてくるの。血液型がＡＡの男性とＯの女性の間には、必ずＡ型の子供が生まれてくるみたいにね。それを知った黒狼族は、白狼族と交じわれば、いずれ自分たちの種族は滅ぶと思ったんでしょうね。にもかかわらず、白狼族との間に子供を産んでしまった黒狼族の女性は、黒狼族から追放されることになった。白狼族の男のもとに身を寄せれば、白狼族と黒狼族との間に決定的な軋轢を生むことを危惧した彼女は、生まれたばかりの子を連れて魔王軍から去った」

　ここまで言われたら、バカな俺でもミリが言おうとしていることはわかる。

「……その黒狼族と白狼族の間に生まれた子供っていうのが、タルウィなんだな」

「正解。はぁ……、まさかそんなことが起こっていたなんてね。私の落ち度よ」

　当時、前世で黒狼族を従えていたミリが、深いため息をついた。

「これで決まったわね。夢魔族の魔王はクインス、悪魔族の魔王はカノン、そして黒狼族の魔王はタルウィよ。ただ、私と出会ったときのカノンは悪魔族の魔王としての器には至っていなかったから、すぐに魔神化されることはないと思う」

「魔王の器って、どうなれば条件を満たせるんだ？」

「重要なのは瘴気を受け入れるための力。魔王から魔神になるには、膨大な量の瘴気をその身に受けないといけない。本来なら女神級の者しか受け入れられないほどの瘴気よ。レベルだけじゃなく、適性が試される。たとえば、夢魔の女王、ううん、おにいには誘惑士のほうがわかりやすいかな？　誘惑士って魔物を引き寄せる力があるでしょ？　その力は尋常じゃない」

　確かに、キャロの能力は女神様から与えられる天恵に匹敵する。

　今回のレベル上げ、成長天恵、無職スキル、そしてキャロの能力、その三つのうちひとつでも欠けていたら、魔王のレベルが３００になることはなかっただろう。

「そして、誘惑士の力は、魔物と同時に瘴気をも引き寄せているの」

「それって、肉体的に大丈夫なのかっ⁉　キャロに無理をさせてるんじゃ――」

「大丈夫、そこまでひどいものじゃないわ。ただ、ほかの種族に比べて、誘惑士、さらには夢魔の女王としての力に覚醒したキャロルやクインスは瘴気を普段から多く吸収している分、瘴気を受け止めるための器が大きいの。ちなみに、悪魔族は理由が全然違う。あの種族は、大昔から、それこそ女神教が普及する前から、強い差別にあっていたの。黒い翼に角が不吉の象徴と言われてね。おにいも知ってるでしょ、瘴気ってのは人の嫌だなって思う感情からも生まれるって。つまり、悪魔族は差別され続けた結果、自分たちでさえも悪魔族であることが嫌になり、強い瘴気を生み出し続けていた。だから、瘴気に対して強い耐性を持つようになったの。魔法で角や翼を隠せるようになってからは、かなりマシになったみたいだけど」

「じゃあ、黒狼族も差別を受けてたのか？」

「黒狼族はまた違う。おにい、タルウィとの闘いで、彼女は狂乱化の呪いを受けてもなお、混乱せずに戦ったって言ってたよね」

「ああ、目は血走ってたが、それ以外は普通に話していたな。あの精神力には正直恐れ入った」

「呪いって、強い精神力とか根性論とか、そういうものでどうにかなるものじゃないわよ。そもそも、呪いっていうのが瘴気による力で、黒狼族はその瘴気に対して強い耐性を持ち、自分の力にできる種族なの。だから呪いにも支配されず、その力を自分のものにすることができた」

だから、タルウィは職業が獣戦士から変わらなかったのか。

「ん？　じゃあ、狂乱化の呪いを魔王が流行らせた本当の理由は、もしかして、悪魔族を捜し出すだけでなく､呪いに耐えられるだけの悪魔族――悪魔族の魔王を捜し出すことが目的だったのか？」

「どうかな。そもそも、狂乱化の呪いを流行らせたのは現魔王の鬼族でしょ？　あいつがなにを考えているか、どうもいまいちわからないのよね」

「お前の部下だったんじゃないのかよ」

「まぁ、部下といっても末端よ？　前にダキャットを襲った吸血鬼もそうだし、さすがに全種族の動向を把握していないわ」

吸血鬼が鬼族？　あぁ、そういえば漢字に鬼が入るから、鬼族と言ってもおかしくはないか。

俺が納得して頷くと、

「先に言っておくけど、吸血鬼って漢字の鬼が入っているけれど、鬼族と吸血鬼族はまったく別の種族だからね」

と、ミリに注釈を入れられた。

口に出さなくてよかった。

「魔王も、女神の魔神化を望んでいる以上、私たちの邪魔に入ってくるのは間違いないと思うけど」

「そうだな……そのあたりは直接ぶつかって聞き出すしかないか」

まぁ、魔王と戦わなくていいなら、そのほうがありがたいんだがな。

ミリは「少し散歩のついでに、歓楽街で魔物でも倒してくる」と言って屋敷から出ていった。

ミリなら、魔物と出くわしても遅れをとることはないだろうが、俺も追いかけて一緒に魔物退治をしようかと思った。

そのときだった。

「マリーナさん、待ってください！」

キャロの声が聞こえてきた。

屋敷の入口に行くと、そこで真里菜――いや、仮面を着けているからいまはマリーナか――キャロに止められていた。

「どうしたんだ？」

「イチノ様、どうもマリナさんがオレゲール様から話を聞いたそうで」

「止めるでない、楠！　我が盟友のカノンが勇者に連れ去られたのだぞ！　悠久の日の誓いに従い、我は彼女を救うべく、出向かねばならぬのだ！　たとえそれが地獄の底であろうとも、進まねばならぬ。足を砕かれれば腕の力で進み、腕がもげども、羽化する前の芋虫のごとく、這って進む」

「足が折れても腕がもげても回復魔法を使ってやるから、とりあえず落ち着け。まだ勇者と一緒にいたのがカノンだって確証もないんだぞ」

「みなまで言うな楠よ。我の額に封印されし、すべてを見通す第三の瞳によれば、カノンは間違いなく、この燃える帝都の遥か下にいる」

「ここは帝都でもないし燃えてもない」

マリーナの中二は全開だな。

こいつと別行動する直前は、かなりマシになったと思っていたのだが。

「とにかく、マリーナ、落ち着け。カノンは勇者にとって必要な人材みたいだから彼女に危険はない。迷宮には俺たちも行くから少し待ってくれ。こっちも情報を集めないといけないんだ」

「……うむ、いいだろう。そうだ、イチノよ。おぬしは魔記者のスキルも持っていたな。ある札が欲しいのだが」

カノンはその札の名前を言った。

危ない品だが、しかし、無茶をしないという約束を取り付け、俺はその札を渡すことにした。

それを受け取ると、マリーナは仮面を外した。

「すみません、楠さん。少し休んできます」

そう言って屋敷に戻る真里菜からは、先ほどまでの笑顔は消え、焦燥感だけが表面に出ているようだった。

真里菜を見送ったところで、キャロも情報収集をするために町に向かった。

ひとりでは危ないので、ジョフレとエリーズに護衛をしてもらうそうだが、余計心配な気がする。

ミリを追いかけるか、キャロと一緒に行くかと悩んだところで、

「イチノジョウ准男爵、手紙が届いています」

今度はセバスタンが四角いトレイに手紙の入った封筒とペーパーナイフを載せてきた。

貴族の執事は、手紙ひとつを届けるのにも丁寧だ。

ペーパーナイフなんて初めて使ったなと思いながら、封筒の端を切り、中身を取り出す。

『今夜、迷宮で待っているよ。来なかったら、テト様は魔神になるから絶対に来てね。アレッシオ・マグナール』

そう書かれている手紙だった。

勇者からの招待状か。

書かれている内容が真実かどうかはわからない。テト様のタイムリミットはもっと先かもしれない。

だが、この招待状は断れそうにないな。


俺はハルを呼び、手紙の内容を伝えた。

これから、彼女には町にいるキャロとミリを捜してもらい、いまの手紙の内容を伝えてもらうことにした。

その間に俺はすることがある。

俺は手元にある一本の刀を――いや、刀だったものを見た。

いまはバラバラの破片となってしまい、見る影もない。

「ご主人様、それは白狼牙ですか？」

ハルが尋ねてきた。

「ああ。タルウィとの戦いで砕けたな」

剣劣化防止スキルがあれば、多少の刃こぼれ程度なら元に戻るが、折れてしまった刀は二度と元に戻らない。

　だが、俺は微かに感じていた。

「剣の鼓動ってスキルがあるんだ。見習い剣士と剣士を極めたときに手に入れたスキルで、そのスキルを使えば剣の癖とかそういうものを瞬時に理解できる……が、でも俺はこの白狼牙に使ってみると、なんというかな、まだ戦えるって鼓動を感じるんだ。俺の牙でいたいっていうな」

「さすがは白狼の名を冠する刀です。白狼族はたとえその剣が折れ、四肢がもがれようとも、この牙で敵の喉に噛みつく種族ですから」

　ハルがマリーナみたいに物騒なことを言い出した。

　頼むから、瀕死の状態で無理はしないで——というか、瀕死の状態になる前に逃げてほしい。

「俺はこの刀の破片を元に新しい刀を作ろうと思う」

「新しい刀ですか？」

「ああ。幸いというか、鉄と違って錆びたり酸化したりしているわけじゃないからな」

「それでしたら、ご主人様。これもお使いください」

　そう言ってハルが俺に差し出したのは、一本の針だった。

　これは——

「オリハルコンの針か？」

「はい。マレイグルリの迷宮を踏破したときにいただいたものです。いまのご主人様ならこれを使えるのでは？」

確かに、錬金術系と鍛冶系の職業はかなりレベルが上がっていて、無数のレシピが頭の中にある。

錬金術の合金レシピの中には、オリハルコンとミスリルの合金も存在する。

そして、その合金を使った鍛冶レシピも。

「いいのか？」

「はい、それが私の望みです。どうか、白狼牙にもう一度戦う機会をお与えください」

「……わかった」

俺は彼女に感謝し、このオリハルコンの針を使うことにした。


俺はマイワールドに戻り、鍛冶場で白狼牙として使われていたミスリルとオリハルコンを錬金術でひとつの金属に生まれ変わらせる。

そして、白狼牙を作ったときと同じように、スキルを使い一本の刀を生み出した。

透き通った白い刀身の中に、一本の強い芯が生まれた気がする。

銘はもちろん白狼牙だ。

「マスター、終わったのか？」

ニーテが開きっぱなしになっていた鍛冶場の扉をノックしながら俺に尋ねた。

「ああ、終わった」

俺は白狼牙を鞘に納めた。

「そうか。これを渡しておこうと思ってな」

ニーテが俺に寄越したのは、小さな指輪だった。小さすぎて俺の小指にも入りそうにない。

「この宝石部分、《竜の目》を使った指輪か？」

「あぁ、結構苦労したんだぜ？　闇、火、水、風、土、五つの属性に対する抵抗値を高め、さらに瘴気から身を守る力もある。スキルで作った魔道具じゃないから効果にはあまり期待しないでくれ。防御に不安のあるマスターキャロル用に、サイズは小さくしてある」

ニーテは期待しないでくれと言いながらも、どこか自慢げに俺に説明をした。

速度を上げるならハル、魔力を上げるなら真里菜に預けたかったが、防御特化の装飾品というなら、確かにキャロに預けるのが一番だ。

「助かる」

「こっちは休日返上で調整したんだ。全部終わったら一週間くらい休みが欲しいな」

ニーテたちに休日の設定をした覚えはない。休みたいときは勝手に休んでいるからだ。

だが、俺は笑顔で答えた。

「ああ、どこかでバカンスでも楽しもう。温泉旅行とかもいいな」

「そりゃ楽しみだ」

ニーテはそう言って、悪戯っぽい笑みを浮かべた。

準備を終えた俺たちは、出発前に最後の確認をした。

「キャロ、これは《竜の目》の指輪だ。ニーテが作ってくれたから着けてくれ。ただし、左手の薬指以外にな。そこは予約しているから」

　俺は指輪の性能について説明して、キャロに渡す。

「ありがとうございます、イチノ様」

　俺が恥ずかしい気持ちを抑えて言うと、キャロは笑顔で受け取って右手の薬指に指輪を嵌めた。

「マリーナも準備はいいいな？」

「うむ、問題ない。ハルワタートには聞かないのか？」

「ハルは酒を飲まない限り、準備不足だったことはないよ」

「はい。私は常に戦いの準備ができています」

　ハルもまた準備は完了。

　俺たちの出発を見送る人は誰もいない。誰にも知らせていないから当然だ。

　そして、おそらくこの世界が危機に陥っていることを知っている者もまた、数えるほどしかいないだろう。それでいい。


　俺たちは、王都内北西部にある迷宮へと向かった。

　迷宮の周囲にはバリケードが築かれていたが、冒険者ギルドからの推薦状に加え、セバスタンが用意してくれたロブッティ家の家紋の入った書状により通ることを許された。

　衛兵は、迷宮の中には誰もいないと言ったが、あの勇者たちのことだ、隙を突いて迷宮の中に入ることは可能だろう。

「妙だな。魔物があふれていると言っていたが、静かすぎる」

「魔物の気配も感じませんね」

ハルが周囲を警戒しながら先頭を進む。

「キャロが調べた情報によると、どうも勇者たちが迷宮の中に入った直後から魔物が外に出てこなくなったそうです」

つまり、勇者が出てくる魔物をすべて倒していったというのか？

でも、俺がキャロの力を使ってもフロアランスですべての魔物を倒せなかったように、再出現する魔物まですべてを倒すことができるだろうか？

それこそ一階層の入口に拠点を構え、出ていこうとする魔物をすべて倒さない限り不可能だ。

結局、迷宮に続くと思われる地下階段をさらに進み、一階層を進むも魔物が現れる気配はない。

なにかの罠か？

つい先ほどまで魔物であふれ返っていたという話はいったいなんだったのか。

そう思ったときだった。

「ご主人様、下から魔物の臭いを感じます。凄い数です」

ハルが目を細めて言う。

彼女はその臭いを頼りに、地下への最短ルートを進んでいった。

そして、六階層にたどり着いたとき、俺は目を疑った。

大量の魔物があふれ返っていたのだ。

ただし、上り階段や俺には目もくれず、ただひたすらにどこかを目指している。

「竜巻切りっ！」

白狼牙を抜き、刀を振るった。

生み出された切り裂く竜巻は、その速度、威力、大きさ、なにもかもが俺の知るものと違った。

魔物たちを呑み込むと同時に、すべてを切り裂いていき、通りすぎた場所にはドロップアイテムしか残っていない。

魔王のレベルが上がってステータスが向上したことも要因のひとつだろうが、新しく生まれ変わった白狼牙の力がなにより大きい。

以前も俺の腕のように扱えていたが、いまは自分の腕以上に一体感を感じる。

いい刀だ。

しかし、魔物たちはいったいどこを目指していたんだ？

まるで、キャロの月の魅惑香に当てられた魔物のようだったが……まさか。

「クインス様っ⁉」

キャロが声を上げた。

そうだ、キャロと同じ夢魔の女王としての力を持っているクインスさんなら、夢魔の女王の下位職業である誘惑士のスキルを持っているのは自然な考え方だ。

そして、勇者が迷宮の中に入ったときと魔物が出現しなくなった時間が一致するというのなら、クインスさんは月の魅惑香を常に使い続けているということになる。

月の魅惑香はパッシブスキルであり、夜、もしくは迷宮の中だと常に効果を発揮し続ける。

キャロは職業の切り替えにより月の魅惑香の発動を制御することでその弱点を補っていたが、それは俺か、俺の眷属であるキャロにしかできない裏技だ。

月の魅惑香は魔物を引き寄せ、魔物に襲われることはない。しかし、それはしばしの間のことだ。暴走した魔物は、最後には誘惑士に襲いかかる。

このままではクインスさんが危ない。

俺は魔物たちが向かっていったほうに駆け出した。

向かう途中も魔物の群れは絶えない。

「ダブルスラッシュ！」

ハルが放った二本の剣撃――火竜の牙剣の炎と風の刃の風が、まるで本物の竜の炎のような形となって魔物の群れを呑み込んだ。

「撃ち漏らした敵は我が対処しよう」

マリーナの風の弓から放たれた矢が、小さな魔物一匹見逃さず、敵を撃ち落としていく。

「ご主人様、この先の部屋から血の臭いがします！」

「クインスさんがいるのか」

なら、ここで大技を使えば彼女を巻き込むことになる。

部屋まではまだ魔物の群れがいるが、一体一体潰していくしかない。そう思った矢先、

「暗黒の千なる剣（ダークサウザンドソード）」

ミリが闇の剣を生み出し、通路を塞ぐ魔物を一掃した。

「お前、クインスさんを巻き込むつもりかよ！」

「大丈夫、あいつはあれで魔王軍の元幹部。このくらいの攻撃は防げる」

ミリが目を細めて見ていたその先に、ひときわ大きな石の魔物がいた。

ストーンゴーレムだ。

ミリの攻撃を受けて絶命し、その陰から、ひとりの黒髪の幼女が現れた。

自分の身長より遥かに大きなメイスを持っている。

「ずいぶん手荒な真似だね、盾となる魔物を操るのが遅れたら危なかったよ。せっかく、生まれ変わって若くなったんだから、もっとおとなしくなってほしかったんだけどね。いつも無茶ばかりだ」

幼女がミリを見て言った。

俺はその幼女の職業を確認する。

【夢魔の女王：ＬＶ75】

やはり、この子が――

「あら、あなたのほうが若返ったんじゃない？　モテモテじゃない」

ミリが皮肉を込めて彼女――クインスさんに言った。

小人族(ミニヒュム)は五、六歳くらいの姿だと聞いたことがあったが、ここまで幼いとは思わなかったな。

「クインス様、ご無事でしたか」

「キャロル、無事ってこの状況を見て言っているのかい？」

クインスさんがそう言ったとき、突然彼女の後ろから一頭の巨大なクマが現れて、その爪を振り下ろした。

彼女はそれを躱し、メイスの一撃を打ち込む。

強い――だが、魔物はどこから現れた？

気配はまったく感じなかった。

転移してきた。いや、それよりもまるで、そこから生まれたような。

「おにい、これ以上近付いたらダメ。言ったでしょ。誘惑士の力は魔物だけでなく瘴気を集める。普通の迷宮だったらそれほど問題ないんだけど、戦争の起こったマレイグルリだけじゃない、おそらく世界中から集めた瘴気がいま、テトを蝕んでいる。その瘴気の一部をクインスはこの部屋に集めているの」

「余計なことをベラベラ喋るようになったね。昔のあんたはもっと寡黙だったと思うんだが」

クインスさんはそう言って自嘲ぎみに笑った。

「ミリさん、クインス様はどうなるのですかっ⁉」

「このままだと、あと少しで瘴気の許容量が超えて、彼女は魔神になる。勇者たちの狙い通りにね」

「安心おし。私はそう簡単に瘴気になんて屈しはしないよ」

「嘘ね。クインス、あんたの髪はもともと鮮やかな紫色だったはず。髪の色が濃くなっているのは瘴気に染まりつつある証拠じゃない。悪いことは言わない。いますぐ迷宮から出て、どこか密室に引きこもりなさい」

「迷宮の魔物を引き連れてかい？　はん、そうなったら多くの犠牲が出るだろ。私はここを離れることができないのさ」

クインスさんは町の人を守るために、自分を犠牲にしようとしているのか。

勇者アレッシオ、これもあんたの立てた計画の一部なのか。

「大丈夫さ、あんたたちがすべてを終わらせてくれるまでは――」

とクインスさんが言ったとき、彼女の背後から、今度は巨大な虎が現れた。

いきなりのことに、クインスさんの反応が遅れる。

俺も刀を抜くのが間に合わない。

そう思ったとき、風の矢が魔物を打ち抜いた。

「我の早撃ちは〇・一秒。瞬きする間もなく散るがよい」

マリーナがいてくれて助かった。

〇・一秒はさすがに盛りすぎだと思う。お前はの〇太君か。

「そこの通路を進んだ先に、落とし穴の罠がある。十三階層まで一気に落ちる穴だ。そこを通れば一気に近道ができる。勇者と魔神を止めるんだ」

クインスが言ったそのときだった。

黒い靄のようなものが現れた。

テト様の空間を呑み込む瘴気と同じだ。

このままでは――

「おにい、行くわよ。クインスの覚悟を無駄にしないで」

ミリに言われる。

そうだ、俺がここに残ってもできることはない。

クインスさんを無理やり地上に連れていっても、いまは夜——彼女の香りに釣られて魔物も町に出てしまう。クインスさんをマイワールドに連れていっても、やはり瘴気が元の流れに戻り、魔物が迷宮からあふれることには変わりない。

俺ができるのは、一秒でも早くこの状況を改善することだ。

行こう——そう思ったときだった。

「イチノ様、すみません。キャロはここに残ります」

「キャロル、なにを言ってるんだい⁉」

クインスが声を上げた。

「私にはイチノ様が下さったこの指輪があります。これがあれば少しは瘴気に抵抗できます」

「見ればわかる。その指輪は確かに瘴気を遠ざける力はあるが、体内に入った瘴気を取り除く効果はないし、ここまで瘴気のあふれた場所では効果も薄い。あんたが犠牲になることはないんだよ」

「いいえ、犠牲にはなりません。イチノ様が帰ってくるまで耐えればいいだけのことです」

くそっ、本当にそれでいいのか？

なにかないのか、確実に皆を助ける方法は。

そう思ったときだった。

【スキル：××××の効果により、眷属強化Ⅱの効果が発動】

なんだ？　眷属強化Ⅱ？

眷属強化って、眷属のステータスを上げる能力だったよな。

いや、待て。

俺は眷属強化のスキル説明は見たが、眷属強化Ⅱのスキルは眷属強化がパワーアップしたものだろうと思い、まだ見ていない。

眷属強化Ⅱ：補助スキル　【魔王ＬＶ２００】
眷属のステータスを上昇させる。
上昇するステータスは主の能力と、眷属と主の距離によって変わる。
また、主は眷属に任意のスキルを貸与することができる。

最後の一文が追加されていた。

スキルの貸与？

いったい、なんのスキルを――俺は整理しているスキルが多すぎてすぐに把握できない。

「キャロ、ステータスを確認！　なにかスキルが追加されてないか⁉」

「は、はいっ！　ステータスオープン！」

キャロは急いでスキルを確認する。

「結界魔法が追加されています！」

「――っ！　『聖なる結界（ホーリーミラー）』の魔法を使え！　そうすれば結界内に瘴気が入ってこない！」

「わかりました！　『聖なる結界（ホーリーミラー）』！」

キャロが魔法を唱えると、黒い靄は結界の中に入ろうとしない。

「クインス様も早くこちらに」

「ああ……しかし、魔物はっ⁉」

クインスさんが結界の中に入るが、新たに現れた魔物は結界をすり抜けてくる。結界で防げるのは瘴気だけで、魔物は防げない。

このままではキャロが危険であることに変わりはない。

誰かが残るか？

それだけじゃない、さっきあれだけ魔物を倒したというのに、俺たちの背後にも魔物が迫ってきた。

いったいどうすれば――と思ったときだ。

魔物の群れの中をなにかが駆け抜けてきた。

「ジョー！　助けに来たぜ！」

「ジョー！　助けに来たよ！」

ジョフレとエリーズがケンタウロスの前に人参をぶら下げ、魔物を蹴散らして現れた。

「お前ら、いったいなんで⁉」

「よくわからないんだけど、寝ていたら夢枕にトレールール様が現れて」

「ここでジョーが危ない目に遭っているから助けてあげてって言われたの。で、ジョーの部屋に行ったら誰もいないから、慌てて駆け付けたんだ」

トレールール様がなにかしたのか。

ったく、あの女神様は普段はサボってばかりいるくせに、ここぞというときにいい活躍をしてくれる。

「ジョフレ、エリーズ、ちょうどいい。ここでキャロとクインスさん……彼女を守ってやってくれ。それと、これをお前に預ける」

俺はフロアランスの迷宮で魔物を狩り続けて手に入れたレアメダル、合計十二枚を纏めてジョフレに渡した。

「使い方はわかるな」

「ああ、任せておけ。ケンタウロスが魔物を倒したご褒美に一枚ずつ食わせたらいいんだな」

いや、これを食べさせてケンタウロスを強化しろって言おうと思ったんだが、しかしそれでもいいだろう。

ジョフレとエリーズもそれぞれレベルが上がり、相当強くなったが、一番頼りになるのはケンタウロスだ。

「キャロ、危なくなったら拠点帰還(ホームリターン)を使え」

「かしこまりました、イチノ様もご武運を」

俺はキャロに見送られ、落とし穴があるという部屋に向かった。


俺はマリーナを、ハルはミリを抱え、一気に落とし穴を降りる。

【イチノジョウのレベルが上がった】
【火魔術師スキル：火耐性（中）が火耐性（大）にスキルアップした】
【風魔術師スキル：風耐性（中）が風耐性（大）にスキルアップした】
【土魔術師スキル：土耐性（中）が土耐性（大）にスキルアップした】
【水魔術師スキル：水耐性（中）が水耐性（大）にスキルアップした】

落とし穴に落下中、レベルアップを告げるメッセージとともに、各々の属性耐性が上がったという知らせを受けた。心の隅にとどめておこう。

以前、落とし穴で一気に迷宮攻略をしたときは水魔法により落下速度を殺したが、今回は魔力を少しでも温存しておくため、ふたり揃って壁を蹴り速度を殺しながら降りていく。

幸い、落とし穴の下は針地獄ではなく、ただの床だったからなおさらだ。

「マリーナ、しっかり歯を食いしばれ！」

「ミリ様、衝撃に気を付けてください」

俺とハルは声を揃え、最後の壁を蹴り、斜めに滑るように着地した。

足のダメージはほとんどない。

ハルも無事のようだ。

「ここが十三階層か。三人とも大丈夫か？」

「私は無事です」

「こっちも大丈夫よ」

「以前、ハルに抱えられて飛び回ったダキャットの森での出来事を思えば大したことはない」

マリーナが少し強がっている様子だったが、三人とも無事のようだ。

この迷宮は十五階層までしかないそうなので、残り二階層ということになる。

そこに行くまでに、おそらく勇者とカノン、そしてタルウィがいる。

十三階層の魔物にはキャロとクインスさんの月の魅惑香の効果がないのだろう。俺たちに目もくれずクインスさんのところに向かっていた魔物たちと違い、俺を見つけたら当然のように襲いかかってきた。

マリーナが弓を構えるが、

「魔力は温存しておけ！」

俺はそう言って、白狼牙を抜き、道を切り開く。

ドロップアイテムは今回は放置、拾っている時間が惜しい。

「ご主人様、ミリ様、マリーナさん、カノンさんの匂いがします！」

「カノンだとっ！　ハル、カノンはどこにいるっ⁉」

「こちらです！」

ハルはそう言うと、俺たちを先導しはじめた。

彼女についていく。途中の魔物は、スラッシュ、竜巻切り、一閃など、剣士や侍のスキルでなぎ倒していった。

十四階層に続く階段は魔物で満ちていたが、

「プチストーン！」

名前だけプチとつく、一メートルくらいの岩が魔物たちに衝突し、ほかの魔物を巻き込んで階段の下に落ちていった。

この程度の魔力の消費なら、一分もかからずに回復する。

「ご主人様、こちらです！」

階段の下に倒れている魔物を踏みつけ、さらに進む。

とうとう十五階層、最下層に続く階段を見つけた。

ここを下りれば――

「って、え？　ハル、こっちじゃないのか？」

「はい、勇者は下にいるようですが、カノンさんはこの階層にいるようです」

カノンと勇者は一緒に行動していないのか？

「それともうひとつ、カノンさんと一緒にいる方が――」

ハルはその名を告げた。

カノンは、以前ノルンさんを捕まえた山賊たちがアジトにしていたような幻想壁——壁に見える幻——の向こうにある、広い隠し部屋にいた。

「あら、スケくんにかぐやちゃん。ここがバレちゃったのね」

そう言って微笑む魔神ミネルヴァ様とともに。

「よく言うわ。こっちにはハルワがいるのを知っていて、匂い対策もしていないなんて見つけてくださいって言っているようなものでしょ」

ミリはそう言いながら、ともにいるカノンを見た。

目がうつろで、正気の状態とは思えない。

「貴様、女神だかなんだか知らぬが、我が盟友のカノンになにをした！」

「なにって、私は元、薬の女神よ。使うのは薬」

彼女はそう言うと、ペロッと舌を出して、試験管に入っている黒色の液体を取り出した。

「魔神の器になるように調整しているだけ」

「それって——」

ミリは薬に見覚えがあるのか、それを見てミネルヴァ様を睨みつけた。

「ええ、かぐやちゃんが研究していた瘴気を浄化させるための薬の失敗作。魔物から瘴気を出すはずの薬を研究していたのに、まさか体内に入り込んだ瘴気に馴染む体になる薬ができるなんてね。お陰で、彼女の魔神としての覚醒の手助けに——」

ミネルヴァ様が言い終わる前に、一本の風の矢が彼女を襲った。

不意を突いた攻撃だったが、ミネルヴァ様はその矢を難なく躱してみせる。

「あら、マリナちゃん。話はまだ終わっていないんだけど」

「マリーナだ。話はもう十分、カノンがそうなった原因は貴様にある、それだけ聞けばな」

「あら？　私が悪いみたいな言い方だけど、これはすべてカノンちゃんが望んだことよ」

「……なんだと？」

マリーナの矢を引く手が止まった。

「カノンちゃんは、自分から魔神になる志願をしてきたの」

ミネルヴァ様は笑顔で言った。

「悪魔族はね、生まれたときから隠れて生きる運命にあったの。かぐやちゃんが魔王をしていたとき、その配下にいた一部の悪魔族はそれなりに差別されずにいたようだけれど。魔王軍に入る以前、彼女の母親も父親も兄も姉も、笑顔で接していた隣人によって密告され、正体がバレて教会に連行され、処刑された。たまたま森に行っていた彼女だけは無事に生き延び、魔王軍に入ることができた。でも、魔王軍内でも悪魔族の差別はかぐやちゃんの目の届かないところで行われた。このカノンちゃんだって、上官だった吸血鬼のヴァルフにずいぶんとひどい目に遭わされたそうだしね」

俺は肩越しにミリを見た。

彼女は悔しそうに歯を食いしばっている。

「もちろん、かぐやちゃんが悪いわけじゃない。巨大な組織になれば、必ずどこかに綻びが出るものだもの」

「つまりカノンは、この世界が憎くて悪の手先に堕ちたというのか？」

「悪の手先って失礼ね。これも世界の救済よ？」

ミネルヴァ様はそう言って微笑む。

死にたい死にたいと言っていた面影はまるで感じられない。

これが彼女の本性なのか。

「だって、世界が終われば女神にしろ魔神にしろ、その役目を終えて死ねるじゃない。いよいよすべてを放り出して死ねるの。それって素晴らしいでしょ？」

「だったら勝手に死んでなさい！　闇の剣（ダークソード）」

ミリがそう言って闇の剣を放つ。

が、ミネルヴァ様——いや、ミネルヴァはそれを指で挟み、受け止めた。

次の瞬間、ミリの魔法が砕け散る。

「おにい！」

「わかった——」

いまこそ魔王の力——と思ったときだった。

カノンが急に動いたかと思うと、俺に急接近してきた。

（格闘術っ⁉）

鋭いカノンの蹴りを俺は腕で受け止めた。

無傷ではあるが、摩擦熱で表皮が熱い。

さらにカノンは脚を突き出す。

「おにい、避けてっ！」

俺はミリの声を聞き、受け止めようとした腕を前に出したまま飛び退いた。

と同時にカノンの履いていた靴のつま先から短剣が飛び出し、俺の顔すれすれのところを飛んでいった。

油断していた。

「あぁ、やっぱりミリ様は手強いな」

「カノン、あんた正気を保っていたのね」

まさか、カノンが正気だったとは。

ミネルヴァのいたところを見ると、彼女はすでに姿を消していた。

「ええ、そうですよ。あのように振る舞ったほうが油断してくれると思って」

騙すのは十八番と言いたげだ。

「カノン、命令よ。下がりなさい」

ミリがカノンに向かって叫んだ。

だが、彼女が後ろに下がることはない。

「残念だけど、いまの私にはもう魔王の権威の力は及ばないわ」

カノンはそう言って不敵な笑みを浮かべる。

魔王の権威――服従した相手を強制的に眷属し、その経験値の一部を奪うというスキルだ。俺はこれを使って魔王のレベルを上げたが、本来の使い方は隷属の首輪のように相手を強制的に従わせることにある。

カノンはミリの眷属になっていたのか。

「カノン、なぜだ！　なぜ魔神に手を貸す！　そんなに世界が憎いのか！」

マリーナが悲痛な面持ちで叫んだ。

「……それを教える必要はないわ」

くそっ、こうなったら力づくでもカノンを止めるしかないのか。

「楠、ここは私に任せてくれないか？」

「マリーナ、なに言ってるんだ？」

「友との決着は運命なのだろう。幸い、この部屋には魔物は来ないようだ」

「だが――」

「楠、時間は有限ではない。キャロとクインス殿が待っているのだぞ」

だが、マリーナをここにひとり置いていくわけには。

「あぁ、そうだね。安心していいよ。私がマリーナを殺すわけないじゃない。ちょっと痛い目を見てもらって、私が魔神になるのを見届けてもらったら、地上に無事送り届けるよ。この先にはミリちゃんに代わって、いまの魔王軍を取りまとめている魔王様がいるはずだから」

カノンが言った。

「ご主人様、ここはマリーナさんとカノンさんを信じましょう。ふたりにはふたりにしかわからない戦う理由があるはずです」

「時間がないのは事実よ。ミネルヴァがここにいた理由も気になるし、急いで勇者のところに行きましょ」

「……わかった。無茶だけはするんじゃないぞ……真里菜」

「我はマリーナだと……いや、そうだな」

マリーナはそう言って笑った。

「無茶をするつもりはない。安心して我にここを譲れ」

安心できるはずがない。

でも、俺は真里菜ではなく、カノンでもなく、ふたりの間にある絆を信じることにした。


俺、ハル、ミリの三人は、真っ直ぐ最下層である十五階層に向かった。

最下層に現れるゴリラのような魔物を一刀両断し、俺はボスの間に続く扉の手前に来た。強い気配を感じる。

「ハル、ミリ、警戒してくれ」

そこに、ひとりの鬼族の男がいた。

ここにいるということは、こいつが魔王の本当の姿なのか？

とてもガタイのいい男で、以前に出会ったツァオバールの国王の姿とは全然違う。

確認するために俺は男の職業を調べ――そして気付いた。

職業が調べられないことに。

「ご主人様――あの魔王は――」

「ああ……言われなくてもわかっている」

魔王はもう死んでいる。

第四話　勇者と無職

ラスボス戦に挑むつもりでいたら、魔王が死んでいた。

普通なら、肩透かしすぎる展開だが、そうは思わない。

なぜなら、この場に魔王をも超える敵がいることを示していたのだから。

「そこにいるんだろ、出てこいよ、勇者様」

俺が言うと、魔王の陰から黒髪の二十代後半の男——勇者アレッシオが現れた。

鬼族の巨漢と比べると見た目は普通——だが、その力はとんでもないものを感じる。

「やぁ、待ちくたびれたよ。本来、待つのは勇者ではなく魔王の役目なんだけどね」

「待ちくたびれたからって、わざわざ魔王を倒してくれたのか？　仲間だったんだろ？」

「勇者と魔王が仲間なんて、世界はそんないかさまを許さない。前に教えたはずだけどね」

アレッシオはそう言って笑った。

「そもそも、魔神と魔王、そして俺の願いはそれぞれ微妙に異なるんだよね」

「確か、ライブラ様が言っていたな。勇者と魔王、メティアス様の復活という同じ目的のためにふたりは手を組むことにしたって」

その詳細については教えてもらえなかったが。

「魔神の目的はもうわかっているよね？　この世界に必ず訪れるという災厄に対抗するため、それから人々を救うためにこの地に住むすべての人間の魂を地球に送る。イチノジョウ君の世界に伝わるノアの方舟も真っ青の壮大な計画さ」

ノアの方舟については、魔神たちから聞いたのか、それともダイジロウさんから聞いたのかはわからない。

アレッシオはそう言って、次に、鬼族の男を見た。

「この魔王の目的は、この世界を元の状態に戻すこと」

「元の状態に？」

元って、魔神のいない世界が元の世界じゃないのか？

「イチノジョウ君、不思議に思わないかい？　僕たち人間はさまざまな職業を持ち、その職業に応じてステータスが割り当てられる。種族に応じて少しは基礎能力が異なったり、専用職業があったりするけれど、言ってみればそれだけだ。レベル1の見習い剣士はどんなに頑張ってもレベル40の剣聖に勝てないし、レベル10の見習い魔術師の放ったプチファイヤとレベル10の魔術師の放ったプチファイヤが衝突すれば、レベル10の魔術師の放ったプチファイヤが勝つ。君のような例外を除けば、誰が魔物を倒しても経験値は等しく与えられる。まるで、世界を平等にしようとしているような、すべての種族を平等にしようとしているような、そんな優しい世界だ。だが、それは持たざる者には救いであっても、持つ者にとっては絶望でしかない。女神たちがこの世界を管理するようになるまで、この世界は鬼族の楽園だったのさ。本来、職業なんてものがなかったら、彼らのステータスは僕たち人間族(ヒューム)の何十倍もあったんだから。それこそ、犬、猿、雉(きじ)を連れたモモタローが数十人がかりで戦って、ようやくひとりの鬼族を倒せるほどにね。それが、世界に職業ができたお陰で、世界の人々の能力が引き上げられ、彼らは落ちたのさ。それをよく思っていない彼らは、女神と敵対する道を選んだ」

長々と魔王について語るアレッシオの話を聞いて、俺は魔王とまでなった男の亡骸を見た。

果たして、女神がこの世界を管理する前というのは何年前のことなのだろうか？　少なくとも、千二百年前、ミリの前世であるかぐやがこの世界に転移したときには女神はいた。

「この魔王は、鬼族は、恨みを忘れずに女神と敵対を続けたというのか」

「そうだね。そして、女神がすべて滅びれば、世界から職業なんてシステムがなくなることを信じていたみたいだよ。女神がこの世界からいなくなったらどうなるかなんて、女神たち本人ですらもわからないというのにね」

アレッシオはそう言って、どこか呆れたように苦笑を浮かべた。

そうだ、女神様もまた、この世界のシステムの一部。

メティアス様は無職スキルに細工を加えたそうだが、しかし女神様が職業のすべてを弄れるということはないはずだ。

それが可能だというのなら、勇者が敵だと認識したとき、その職業とスキルを奪っているはずだし、そもそも、魔王のスキルのように女神や魔神に対抗するようなスキルを用意したりはしないだろう。

「じゃあ、お前の目的はなんなんだ？　魔神とも違うんだよな？」

「俺の目的はただひとつ、俺が勇者であり続けること。ただそれだけだ」

アレッシオは語った。

「勇者ってね、そのスキルに『人類の希望』っていうものがあるんだけど、このスキルの効果がとても面白くてね。人々の勇者への強い想いとか願いとかそういう思念に応じて、ステータスが上昇するんだよ。それこそ、悪しき魔王軍に勝つためにって全世界の大半の人が僕に希望を託してくれたときは、HPとか一万を超えていたんだよ。それでも魔王は強かったけどさ。それが、平和になった途端、僕のステータスは大幅に減少してね、悲しかったな。あれだけ皆、俺のことを希望だのなんだの言ってくれたのに、世界が平和になった途端にこれだもん。教会も僕を軟禁状態にしてさ。だから思ったんだ。世界が混乱状態にないと勇者は必要じゃないんだって。世界中の迷宮から魔物があふれたいま、世界は僕を望んでいる」

アレッシオの力が膨れ上がる。

やる気のようだ。

「そうだ、戦う前に言っておくことがある」

「なんだ？」

俺は白狼牙を抜きつつ聞いた。

ハルとミリも戦いの体勢を整える。

「僕は日本人だ」

「――っ⁉」

「ただし、遺伝子的にはというだけ。正確には、勇者としての天恵を授かった人間の遺伝子を元に作られた、勇者のクローンの一体に過ぎない。それでも、勇者であり、転移者であることに変わりない。僕にもあったのさ、世界という名の独楽に少しだけ細工をする力がさ。もしかしたら僕が魔神と戦うことになっていたかもね」

「世界にもしかしたらなんてねぇよ。いいからそこをどけ。勇者に代わって俺が世界を救ってやるよ」

「あはは、ダメダメ、このボス扉は細工されていてね、僕を殺さなければ開かないんだ。だから――」

アレッシオの力が膨れ上がったと思うと、

「ここを通りたければ俺を倒していけ、ヒャッハーっ！」

突然、大声を上げたかと思うと、テンション爆上げで俺に突撃してきた。

これが勇者の戦い方かっ⁉

剣と剣がぶつかる。

重いっ！

いまの俺の物攻は4000を超えているのに、なんで簡単に弾けないんだ。

「こなくそっ！」

俺が力尽くで剣を押し返そうとしたそのとき――みぞおちに痛みが走る。

剣で鍔迫り合い（つばぜりあい）をしているときに、アレッシオが蹴りを喰らわせてきたのだ。

普通、そんな体勢で蹴りなんてしようものなら、バランスを崩すぞ。

「え？　ウソ、あまり効いてない？　パラライソードを加えた蹴りなんだけど」

アレッシオがとんでもないことを言ってきた。

俺が蹴りでスラッシュを放てるように、こいつも剣だけでなく蹴りでパラライソードを放てるのか。

魔王のレベルを上げて状態異常に対して耐性を持っていなかったらやばかった。

「悪いな、こっちも鍛えてるんだよ」

俺はアレッシオの真似をして蹴りを繰り出そうとするが、簡単に避けられた。

成長チートでステータスを爆上げしているとはいえ、戦闘技能だけならアレッシオのほうが上だ。

「ご主人様、助太刀しま――」

ハルが参戦しようとしたとき――彼女にひとつの影が迫ったと思うと、剣と剣がぶつかる音が聞こえた。

タルウィの剣とハルの剣が激突したのだ。

「下がれ、お前では私の敵にはならん」

「それはどうでしょうか――火竜の牙剣っ！」

ハルの剣から炎が噴き出し、タルウィを襲う。

だが、彼女はその炎を軽く躱し――その逃げた先には、ミリによって仕かけられていた無数の闇の糸が張り巡らされていた。

「ちっ！」

タルウィは舌打ちをした——その直後、目が赤く染まったと思うと、物理法則を無視したかのような動きで体を反転させ、剣でその闇の糸を切り裂いた。

獣の血を発動させたのか。

「おっと、よそ見しててもいいのかな——聖なる雷（シャイニングサンダー）」

「サンダーっ！」

アレッシオの雷光の魔法を、俺は雷魔法で迎撃する。

「おにい、こっちは私とハルに任せて！　そっちに集中して」

「わかったっ！　速攻で終わらせるぞ、勇者様よ」

「そう簡単に俺が倒せるわけねぇだろうがっ！」

アレッシオの剣と俺の白狼牙が再度激突した。

注意しろ、すべてに注意するんだ。

剣？　蹴り？　いや、それはフェイントで——

「聖なる炎（シャイニングファイヤ）！」

「暗黒の氷（ダークアイス）！」

聖なる炎の攻撃を、俺は闇と氷の融合魔法で打ち消す。

「へぇ、属性まで予想したんだっ！」

相反する属性での攻撃魔法による相殺に、アレッシオは笑って感心する。

もっとも、完全には相殺しきれず、アレッシオの背後の壁は凍り付き、俺の背後の壁は熱で赤みを帯びている。

「属性が逆だったのはマジで偶然だよっ」

俺はそう言って、距離を取ったアレッシオに対し追い打ちの魔法を唱える。

「サンダーっ！」

最大の速度を誇る雷の魔法を、アレッシオは剣で受け止めた。

アレッシオの持つ剣が帯電し、青白く光る。

「魔法の連続使用だと……とんでもない力だな」

「そっちこそ、雷を剣で受け止めるなんて、普通じゃできないぞ」

これじゃ、ハルたちの助太刀をする余裕はない。

圧倒的なステータスの差でギリギリ俺が優位に戦っているが、彼女たちの戦いを気にしたら、俺がやられる。

「なら、この攻撃が受けられるか！　ブーストオイルクリエイトっ！」

俺の手から油が出た。

魔力が増幅されたことにより生み出された油は、もはや油の洪水だ。

すると、アレッシオは剣を構え、

「スラッシュっ！」

と、俺も得意な飛ぶ剣撃で油を切り裂いた。

「帯電した剣の熱で引火させるつもりだったんだろうが、剣撃を飛ばせば直接剣が触れることはないぜ」

「あぁ、知ってるよ。そして、燃えるのは液体の油だけじゃないってこともな」

「なにっ⁉」

アレッシオが驚いた直後、帯電した剣の熱が気化した油に引火、同時にアレッシオの体を炎が呑み込んだ。

突然の出来事。普通なら、これで俺の勝ちだ。

だが、思考トレースのスキルを使い、俺はアレッシオの考えを読む。

焦りは一瞬だけ、いまはひたすら思考している。

アレッシオはこの瞬間にも熱に耐え、逆転するための次の一手を模索していた。

だから、俺は息をつかせず次の攻撃に移る。

「ブースト大洪水（ダイダルウェイブ）」

すべてを呑み込む大洪水の水が、アレッシオの体を呑み込んだ。

いかん、威力が強すぎた。

下手をすれば壁に跳ね返った水に、俺も呑み込まれるところだった。

とっさに氷魔法で迫り来る水を凍らせていなかったら危なかった。

そして、ハルへの助太刀だが、その必要はなかったようだ。

「勝負ありですね、タルウィさん」

「なぜだ、二対一とはいえ、なぜ勝てない」

俺が水魔法で慌てている間に、向こう側も決着がついていた。

タルウィも強いが、眷属強化によりハルのステータスが増大したこと、そしてなにより——

「私とタルウィさんの決定的な強さの違いは、この剣に秘めた思いです。ひとりよがりな剣では、私のご主人様への忠誠心には勝てません」

そこは愛情とか言ってほしかったところだが、しかしそれがハルの強さなんだな。

俺は足元に転がるアレッシオを見た。

意識は戻ったようだが、立ち上がる力はもう残っていなそうだ。

「……そうか、僕は負けたのか。紙一重じゃない、全然敵わなかったよ」

「ああ、俺たちの勝ちだ」

「結構いい人生だったな。殺してくれて構わない。このボスの間には、アンフィスバエナという双頭の蛇がいて、そのさらに奥、女神像の間に、メティアス様とミネルヴァ様、そしてテト様はいらっしゃる」

「三柱の魔神しかいないんだな?」

俺はそれを確認すると、王笏を取り出した。

アレッシオを殺さないと開かない扉であるとしても、俺は殺さずに前に進んでやる。

「世界の始動(ビッグバン)っ!」

世界の始まりを告げる大爆発が、ボスの間に続く扉だけでなく、ボスの間の空間そのものを破壊した。

一瞬、扉が破壊されるときに、この迷宮の本当のボスであろう双頭の蛇、アンフィスバエナが消滅するのが見えた。

そして、さらに破壊されていく扉の向こう側にいた。

俺の最強魔法の範囲内にいながら、球体状の結界に守られて無傷の状態でいる三柱の魔神が。

「そんな……僕と戦っているとき、あれでも手加減していたというのか」

「まぁな。あぁ、そうだ、言い忘れてたが、アレッシオ。お前も勇者なんてくだらない肩書きを捨てて、一回無職になってみろって。世界はそれだけで違って見えるんだぜ」

俺はそう言うと、ハルとミリに声をかけた。

「行くぞ！」

「はいっ！」

「ええ――」

迷宮が黒い糸によって修復されていく。
俺たちは床が修復され、扉が修復される前にボス部屋の中を進み、そのまま開きっぱなしになっている女神像の間に入った。

イチノジョウの放った世界の始動(ビッグバン)による衝撃は、迷宮中に伝わった。

六階層にも。

「なんだこれっ！　地面がゴゴゴゴって鳴ったぞっ！　迷宮さん、腹が減ったのか⁉」

「大変、迷宮さんがお腹を空かせているんだ。私たちを食べようとしているんだよ」

ジョフレとエリーズが顔を真っ青にして言った。

「迷宮さん、エリーズを食べるなら、まずはこのジョフレを食べろ！」

「迷宮さん、ジョフレを食べるなら、まずはこのエリーズを食べて！」

「いや、俺が先だ！」

「いいえ、私が先よ！」

「遊んでないで戦ってください！」

キャロルがふたりに大声で文句を言った。

「キャロル、大丈夫かい？」

クインスがメイスを握りながら尋ねた。

「はい、大丈夫……いえ、少しつらいです。『聖なる結界(ホーリーミラー)』の魔力の消費量は決して少なくないので」

夢魔の女王のＭＰは決して低くはないが、しかし常に魔法を展開し続けている彼女の消費は激しい。それだけでなく、敵が迫り来るたびに魅了(チャーム)の魔法を使って敵の動きを封じているからなおさらだ。

ジョフレとエリーズの頑張りもそうだが、なによりケンタウロスの奮闘がなければ、戦線はとっくに崩壊していただろう。

もっとも、そのケンタウロスとの交渉がキャロルを疲れさせた原因でもあるのだが。

「ジョフレさんたちのレアメダルと、トマト一年分で手を打ってくれて助かりました」

「私はロバ相手に必死に交渉しているお前さんを見て、育て方を間違えたかと本気で心配になったよ」

クインスはどこか呆れたように言い、一本の煙管を取り出した。

「これをあげるよ」

「クインス様、これは？」

「煙管さ。中に入ってるのは煙草じゃなくて魔力を回復させるための薬だよ。機械人形（オートマタ）だった私は、これを使って常にMPを補給していたのさ」

キャロルがその煙管を受け取り先端を口にすると、クインスは中に入っている薬に火をつけた。

煙を吸うのは初めてだったのだろう、キャロルは咽せて咳き込んだ。

「ごほっごほっ……あ、でもそれほど嫌な煙ではありませんね」

「体に有害な成分はないからね。もちろん、中毒性もないから安心しな」

「でも、これ、スーギューの糞を乾燥させたものですよね？」

「知っていたのかい？」

「はい、知識としてもありましたし、実際にこの目でも見ました」

マナグラスを食べたスーギューの糞には、マナグラスが持つ毒が消失し、その薬効成分だけが残るらしい。

「少しＭＰが回復したようです。これなら、もうしばらくは大丈夫です」

「すまなかったね、キャロル」

「え？」

「誘惑士のスキルに苦しむあんたの姿を、ただ見ていることしかできなかった。本来なら、誘惑士としての経験を持つ私があんたに一番付き添ってあげなければいけなかったのに」

「……いいえ、クインス様。私はもう誘惑士のスキルを恨むことはありません。お父さんとお母さんが死んじゃったのはつらいですけど、仕方のなかったことなんです」

キャロルはそう言った。

それは、彼女にとってひとつの決意でもあった。

これまで、キャロルは両親の死は自分のせいだと決めつけていた。自分がスキルに目覚めたせいで、両親が死んだことは紛れもない事実だから。

本来なら、仕方のないことで割り切れる問題ではない。

むしろ、そんな考えに至るのはいけないことだと常に自分に言い聞かせていた。

でも、それは間違いだ。

自分のせいだと思い続けるのは贖罪ではない。

ただ罪に逃げているだけだ。

「この戦いが終わったら、イチノ様と一緒にバカンスに行く約束をしているんです。そのときに、キャロはイチノ様と一緒にお父さんとお母さんが死んじゃった場所で報告をするつもりです。キャロに結婚相手ができましたって」

「そうか、キャロルは乗り越えたんだね」

クインスは成長したキャロルを見て、微笑んだ。

彼女は思う。

もしかしたら、自分は間違えていたのかもしれないと。

もしも自分が逃げ出したら、勇者がキャロルを捕まえ魔神にしようとする。

そうならないために、自分が彼女を守らないといけない。

そんな風に考えていたが、それは間違いだったのではないかと。

もう、キャロルは自分の手を離れ、立派に成長している。

「結婚式、楽しみにしてるよ、キャロル」

「はい。クインス様、そのときはぜひキャロと一緒にバージンロードを歩いてください」

「ああ、喜んで」

クインスが笑顔で言ったそのとき、

「遊んでないで援護してくれ！　危ないんだ！」

「遊んでないで援護して、本当に危ないの！」

ジョフレとエリーズの悲鳴が聞こえてきたが、ふたりはもう負ける気はしなかった。

振動は、十四階層にも伝わってきた。

「なに、この揺れは？」

「大地の鳴動か」

カノンもマリーナも、イチノジョウの世界の始動(ビッグバン)の威力を把握していない。

天変地異の前触れか、魔神の仕業かと考えた。

「どうやら時間がないようね、マリーナ。わかるでしょ、これが魔神の力よ」

「魔神だと？　ふん、これは我のこの右踝に封印されし混沌の力が目覚める音だ」

「本当にあなたの中にはいろいろなものが封印されているね、マリーナ。なら、私も封印を解こうかな」

そう言うと、カノンの頭の上に黒い角が、背中に黒い翼が現れた。

これまで魔法により隠していた悪魔族の証だ。

「ふん、封印を解いたところで、カノンの職業は魔工鍛冶師。戦闘職でないのにどこまで戦えるか見ものだな」

「そういえば、マリーナの前では全力で戦ったことはほとんどなかったわね」

カノンがそう言うと、その手の中にバトルハンマーが現れた。

彼女は大きく飛ぶと、そのハンマーを振り下ろす。

マリーナはそれを横に飛んで躱した。

「メガウォーター」

巨大な水の塊がマリーナを襲う。

「なっ」

これまで、カノンは一度もマリーナの前で魔法を使ったことがなかった。それが油断に繋がった。常にともにいた相手だからこそ、すべてを知っていると思い込んでいた。

想像していなかった攻撃に、マリーナは水の直撃を受け、壁に激突した。

「イチノジョウ君から聞いていないのね。魔工鍛冶師は、錬金術師と鍛冶師を極めた者だけがたどり着ける、生産職の中でも異端中の異端。物理と魔法、両方の力を併せ持っているの。そして、私の本質は嘘。こっちはマリーナも知っているはずよね。騙すのは十八番なの。降参してくれるのなら、楽に眠らせてあげるけど？」

「ふざけるな、カノンよ。それは私のセリフだ。この頭の中に封印されし力を呼び覚ましたとき、お前の負けは決まるぞ」

背中の痛みに耐え、マリーナは言う。

「封印、解けるものなら解いてみなさい。あなたはいつも口ばかりでしょ」

「そうか……なら、そうさせてもらおう」

マリーナは頭の中の封印に語りかけた。

そして、彼女はにっと笑うと、矢をあらぬ方向へ射た。

なにも知らない人が見たら、誤射だと思うかもしれないが、カノンは知っている。マリーナの大道芸としての力を。

風の弓から放たれた矢は、軌道を変えてカノンに迫った。

軌道が変わることを知っていたら、この程度の攻撃など避けるのはたやすい。

そう、カノンは誰よりもマリーナのことを、そして真里菜のことを知っているつもりだった。

だからこそ、彼女は驚いた。

マリーナが戦闘中に仮面を外した。

それだけなら、成長した真里菜が、視界を確保するために仮面を外して戦う決意をしたのだろうと思っただけだろう。

だが、そこからカノンの想像は大きく覆される。

マリーナは——否、真里菜は仮面を前方に向かって。

彼女は気付いた。

このままでは、矢の軌道と仮面の軌道が重なり、仮面が砕けてしまうことに。

「なにを考えてるのっ！」

カノンはそう叫び、後ろに跳ばずに前に跳び、仮面を受け止めた。

そう、彼女は想像できなかった。

その仮面に、爆破札が仕組まれているなど。

仮面が爆発したとき、カノンはなにがなんだかわからなかった。

倒れる自分に対し、真里菜が馬乗りになり、風の弓を構えられてもなおわからない。

「安心して、楠さんに頼んで威力をかなり弱めてもらったから」

真里菜はそう言って笑った。

笑う真里菜とは対照的に、カノンの目には怒りが浮かぶ。

「……どういうつもり、マリナ。あなたはマリーナを殺したの？　自分の手で」

「違うよ、カノン。マリーナはずっと私の中にいる。マリーナは、仮面を外す前に私に語りかけた。

『我は死ぬのではないぞ、真里菜。ふたりを隔てる封印を解き、お前とひとつになる時が来たのだ』と。私とマリーナはもともとひとり。そんな一センス均一市でカノンが買ってきた、安物の仮面があってもなくても関係ない！」

真里菜のその必死な言葉に、

「ぷっ、あははあはははははは……ごほっごほっ」

カノンは思わず大笑いをし、咽せた。

「はぁ……騙してばかりの私が騙された。まさかマリナが仮面の出自を知っていたなんてね」

「実は私も一センス均一市に行って、その仮面が気になっていたから。奴隷だから無駄遣いはできないと思って諦めたけど」

「そっか……私たち、センスが似ているんだね。ねぇ、マリナ。あんたは向こうの世界に戻りたいんだよね」

カノンは改めて真里菜に尋ねた。

「うん、カノンはこっちの世界で世界一大事だけど、向こうにも私の両親がいるから」

「だったらさ、私を逃がしてくれないかな？　私が魔神になれば、マリナを向こうの世界に送ってあげられる。それだけの力が手に入るの」

「それ、敗者が言うセリフ？　ダメだよ、カノン。私はこっちの世界ではカノンが一番大好きなんだから。カノンを犠牲にしてまで戻れない」

真里菜はそう言って、風の弓を下ろすと、倒れるカノンに重なるように抱き着いた。

「大丈夫、カノンが魔神にならなくても、私は元の世界に戻れるよ」

「それも、マリーナが教えてくれたの？」

「ううん、私が決めた。絶対に戻るって」

無茶苦茶な理論に、あれこれ策をめぐらせていたカノンは馬鹿らしくなった。

そんなこと言われたら、もう勝てるはずがない。

「私の負けね、マリナ」

こうして、十四階層の戦いは幕を閉じた。

この女神像の間は、二百メートルトラックのある運動場くらいの広さだろうか？　これまで入ったことのある女神像の間より少し広く感じた。

違うのはそれだけではない。

本来この部屋の中にあるとされていた、ミネルヴァの女神像そのものが存在しなかった。

これでは、女神像の間と呼ぶべきではないのかもしれない。

いや、称するなら、ミネルヴァが魔神となった時点で、ここは女神像の間ではなく魔神像の間だったのかもしれないな。

魔神像の間って、どんな邪教崇拝者が儀式を行う場所だよって思わずツッコミを入れたくなる。

しかし、仮に魔神を神とあがめる崇拝者がいるとしたら、おそらくこの部屋はどこよりも神聖な場所になるのだろうな。

なにしろ、ここにはメティアス、ミネルヴァの二柱の魔神と、テト様という魔神になりかけている女神様が揃っているのだから。

「よく来ましたね、イチノジョウさん、ハルワタート、ミリュウさん。歓迎しましょう」

魔神メティアスが俺に声をかけた。

「お願いです、メティアス様。テト様を解放し、この世界の人々を殺すなんてことはやめてください」

「あなたは話し合いのためにここに来たのですか？　それとも、戦いに来たのですか？」

「どちらでもありません。あなたを止めるためにここに来ました。そのために、俺はあなたたちに勝ちます」

「あら、スケくん。さっきの攻撃魔法で私たちに傷ひとつ付けられなかったのに、勝つ算段はあるの？」

ミネルヴァが笑って言った。

確かに、いまの状態だと俺がミネルヴァやメティアスに勝つことはできそうにない。

魔力増幅をした、ブースト世界の始動(ビッグバン)を使えばどうかはわからないが、少なくともそんな威力の魔法を打ち込めば、迷宮どころか周辺の大地がグチャグチャになる。

だが、俺にはミリから教わり、習得したスキルがある。

『本当はロンギヌスの槍を使えれば神に対してダメージを与えることができるんだけど、そんな伝説の武器、どこにあるのかもわからないしね。そこで、魔王のスキルなんだけど。おにい、魔王の伝承って世界中にあるんだけど、その中でも有名な魔王は二体。一体はベルゼブル。そして、もう一体はルシファー』

『ああ、名前くらい聞いたことがあるな。よくゲームにも出てくる。確か、ベルゼブルは蝿の王で、ルシファーは堕天使だったよな？』

『そう、ルシファーは堕天使。本来、神によって創造された天使が神に逆らうなんてことはあってはならない。魔王には、世界で唯一、神に対して反逆するためのスキルがあるの。ルシファーと同一とされる悪魔の名前のスキル。その名前は――』

「《神の敵対者（サタン）》」

神の敵対者（サタン）：補助スキル　【魔王ＬＶ３００】
神と名の付く相手とその能力に対し、与える攻撃のダメージを上昇させる。
ただし、対価として最大ＭＰの八割が消費される。
効果は一時間持続し、一時間が経過すると、二十三時間スキルが使えなくなる。

失われたＭＰによる倦怠感が激しい。

だが、決して動けないわけではない。

魔王のレベルが３００になった現在、ＭＰは約二万。

世界の始動（ビッグバン）によるＭＰの消費量は約千八百。神の敵対者（サタン）の使用によるＭＰの消費量は約一万六千。

つまり、あと二千二百くらいＭＰが残っている計算になる。

この状態では、もう世界の始動（ビッグバン）を打つ力は残っていない。

「魔王結界！」

ミリが部屋全体に結界を張り巡らせた。

この状態で魔神たちに逃げられ、神の敵対者（サタン）の効果が切れたときに襲われたら対処できなくなってしまう。

　ここで勝負を決めるしか俺たちには勝ち筋が残されていない。

「魔神たちの防御結界は俺が潰す。ハルとミリはその隙に牽制を頼む」

　魔神の力は絶対ではない。

　ハルも俺の眷属としてステータスが上がっているし、ミリにもなにか秘策があるという。

　勝てない敵じゃない。

「神の敵対者（サタン）。その力を用意していることは想定済みです。ですが、あなたたちも理解しているはず、地球の伝承においても魔王サタンは神には勝てなかったと」

　メティアスの前に、黒く染まった槍が現れる。

　セトランス様が使っていた炎の槍に似ている。

　そして、ミネルヴァの前には一本の杖が現れた。

「メティアス様こそ知らないんですか？　最近のゲームだと、魔王が神を倒すことだってあるんですよ！」

　俺は白狼牙を抜き、前に出た。

　これでも戦いの経験は積んできたつもりだが、戦闘技術は勇者にもハルにも及ばない。下手な小細工は通用しないだろう。

　ならば、ステータスで押し切るしかない。

　俺が一気に距離を詰めると、メティアスの前に薄いガラスのような結界が現れた。

だが、見た目に騙されてはいけない。

俺の世界の始動(ビッグバン)をも防ぐ結界だ。

それがわかっているから、俺は全力で叩ける。


カンっ！


硬い音が響いた。

結界に僅かに罅(ひび)が入るが、破壊するまでには至っていない。

そして、その罅もすぐに修復された。

「嘘っ……」

これでもまだ俺の力は魔神に届かないというのか。

結界の向こうから、メティアスが闇の矢を放ち、俺の腹に刺さった。

「がはっ」

なんて威力だ、勇者の蹴りが可愛く思えてくる。

「ご主人様っ！」

「おにいっ！」

ハルとミリが声を上げた。

「……大丈夫だ！」

俺は腹に刺さった矢を手で掴む。

手が焼けるように痛いが、しかしそれを無理やり抜いて、メティアスたちに投げた。

しかし、その攻撃も結界に阻まれる。

魔神の放った矢なら結界を抜けられるのかと思ったが、そうではないらしい。

外側からの攻撃を防ぐのか、それとも俺の攻撃を防ぐのかはわからないが、やはり結界を壊すしか勝機がないということだ。

「諦めたらどうですか？　イチノジョウさん。あなたたちの実力があれば、簡単に死ぬことはないでしょうがこのまま戦い続けたらそうも言っていられません。ここで命を落とす必要はありません。逃げるというのなら、どうぞご自由に逃げてください」

「そうよ、スケくん。あなたが死にたいというのなら止めはしないけど、死にたがりは私の専売特許だから、真似しないでほしいわね」

ミネルヴァが言った。

あぁ、そうだよな。

魔王結界で逃げることができないのは、ミネルヴァとメティアスだけ。

俺は逃げられるんだよな。

「ヒール」

腹に回復魔法をかけて俺は前を見る。

だけど、ここで逃げたら、キャロや真里菜、ハル、ミリ、皆の頑張りが全部無駄になる。

「まだやる気？　さっきのを使ってみる？　あの魔法なら、神の敵対者(サタン)の力を使っているあなたが使えば、結界を破れるかもしれないわよ」

メティアスがわざわざ助言を送る。

確かにその通りかもしれないが、しかしここで引くわけにはいかない。

「甘く見ないでくださいよ。俺も、俺のこの刀のことも」

俺はそう言って白狼牙に声をかける。

「白狼牙、お前の力はそんなもんじゃないだろっ！」

「根性論？　そんなもの、私の結界には――」

「瞬殺っ！」

辻斬り犯のスキル、一秒間限定、速度を倍に、相手へのダメージを三倍にするスキルを使った。

白狼牙と結界が衝突する。

それはまさに一瞬の出来事だった。

結界が音を立てて割れたのだ。

「ミリ、テト様を！」

「《転移(ワープ)》」

俺が結界を破壊するのを待っていたミリが、一瞬にして割れた結界の向こう側にいたテト様の前に転移した。

《転移(ワープ)》だけなら結界が割れる前でもできただろうが、《転移(ワープ)》の連続使用ができない以上、一度結界を破壊する必要があった。

ミリの接近に気付いたミネルヴァが、その杖をミリに向けるが、最速の白狼族であるハルがふたりの間に割って入れないわけがなかった。

ミリはその間に、魔法を使う。

「暗殺者の操り人形（アサシンマリオネット）」

他者を意のままに操る闇魔法。

本来は魔防値の高い相手——女神や魔神などは操ることができないこの魔法も、気絶しているテト様になら効果があった。

彼女は意識を失ったまま立ち上がると、ミリを抱え上げて跳躍した。

その速度はさすが女神——一瞬にしてこちら側に来る。

「テト様の奪還は成功したわ！　おにい、もう大丈夫！」

「了解っ！」

俺は王笏を構える。

「待って、スケくん。そこで使えばハルちゃんも巻き込まれて——」

ミネルヴァはそう言って気付いたようだ。

いつの間にかハルの前に、マイワールドへの扉が開いていることに。

ハルはその中に飛び込んだ。

だが、ミネルヴァは入れない。

魔王からは逃げられないから。

マイワールドへの扉が閉まったことを確認し、

「世界の始動（ビッグバン）っ！」

俺は魔法を唱えた。

巨大な振動とともに、二柱の魔神を呑み込んだ。

「やった……か」

さすがに、結界もなしにこれを直撃すれば無事で済むわけがない。

何度もあの強力な結界を作れたとしたら話は変わってくるが。

死なれたら寝覚めが悪いので、女神様たちに引き渡せるくらいに弱ってくれていたら助かるのだが、どうかはわからない。

「ミリ、テト様は大丈夫なのか？」

「いまから瘴気の一部を、テトが自浄できるところまで取り除く。大丈夫、彼女を女神に戻すことはできるわ」

ミリのできるは、文字通りの意味を持つ。

俺は安心し、

「頼む。眷属召喚、ハルワタート」

ハルを召喚して呼び寄せた。

ハルは土煙の舞う魔神たちがいた場所を見て、

「ご主人様、うまくいきましたね」

と、尻尾を振って言った。

「ああ。ここまでうまくいくとは思ってもみなかったよ。連携もなにもないぶっつけ本番だったがな」

今回のこの一連の動きについて、事前の話し合いはなにもしていない。

俺は思考防御のお陰で心を読まれることはないが、ハルとミリの心は読まれるかもしれないからな。

最初に俺が結界を割り、ミリにテト様を救出するように言うまで、作戦は考えていない。

だが、ああ言えばミリは転移の魔法でテト様を助けるだろうと思ったし、俺がハルを巻き込むような魔法を使おうとすれば、ハルはマイワールドに入るだろうと予想もできた。それが無理だったら、眷属召喚でハルを呼び寄せる方法もあったが、眷属召喚は傍にいる者も巻き込んでしまうので、ミネルヴァも一緒に召喚してしまう可能性があったからな。

どういう意図でミネルヴァが俺に思考防御のスキルを与えたのかわからないが、完全に裏目に出たようだ。

「しかし、メティアス様も油断したよな。心が読めるのなら、ミリがテト様を元に戻せることにも気付いていただろうに」

まぁ、問題はこれで解決した。

あとのことはミリによって女神に戻してもらったテト様と、ほかの女神様に任せることにしよう。

「この勝負、俺の——」

「勝ちと決めるのはまだ早いのではないですか？」

その声は聞こえてきた。

まさか——あれを喰らって無事なのか？

土煙が晴れたその向こうに立っていたのはミネルヴァだった。

いや、違う——ミネルヴァを盾にして、メティアスが立っていた。

「仲間を盾に⁉」

「いいえ、ミネルヴァは自らの意思で私の盾になったのです。私の結界はあなたに砕かれてしまい、しばらくは使えませんが、ミネルヴァの結界はまだ残っていました。もっとも、あなたの魔法はその結界を破り、なおミネルヴァを気絶させるだけの力はありました。お見事です」

そう言って、メティアスは修復されていく迷宮の床の上にミネルヴァを寝かせた。

「なんでミネルヴァ様はそこまでしてメティアス様を守るんだ。テト様を裏切ってまで。テト様は人間だった頃、ミネルヴァ様の主人だったんだろ。それがなんで」

なんでテト様を裏切ってまでメティアスに従うのか、俺には理解できなかった。

「ミネルヴァが裏切るのは当たり前です」

「当たり前って、テト様はそんなにひどい上司だったのかよ。全然そうは見えなかったぞ。むしろ仲がいいようにしか見えなかった」

「ミネルヴァは確かに、テトの家の臣下でした。しかし、その正体はテトの家の主家が送り込んだ

スパイです。彼女は人間の頃から、その家の人間に逆らえないよう、暗示のように刷り込まれていました。ミネルヴァは常にテトを裏切り続けていました。そして、ミネルヴァはその主家の先祖である私の命令にも逆らえません。人間のときにそのように調教されていましたから。彼女は常に罪悪感に苦しんでいました。常に死にたいと。だから、テトが生贄に選ばれたとき、自分もともに死ぬ道を選んだのです。まさか、女神として生まれ変わるなど思いもせずに」

「そうだったのか……だから、女神になっても死にたいと……」

「ええ。そして、女神になっても、彼女は私に逆らうことができなかった。それだけ強力な暗示だったのよ」

本当はテト様を裏切りたくなかった。

魔神になんてなりたくもなかった。

それでも、彼女はメティアスに逆らえなかった。

「全部、あなたが悪いんですね」

俺はそう言って剣を抜いた。

もう世界の始動（ビッグバン）は使えない。

だが、メティアスも結界を使えない。

「さて、そろそろ本気を出すとします」

そう言うと、メティアスが消えた。

逃げたっ⁉

と思ったら、突然ハルの背後に現れ、その背中を槍の柄で打ち付けた。

「ハルっ⁉」

ハルは一撃でその場に倒れた。

「愚かですね。魔神の力があの程度だと思っていましたか？　異空間に入ることだって、逃げるのではなく移動の手段としてなら使えるのですよ。イチノジョウさんがマイワールドと呼んでいるその世界のごく一部を使うだけでね」

メティアスはそう言ってミリを見た。

「ミリュウさん、あなたも愚かです。テトを救うために女神になり、その身に瘴気を引き受けるつもりですか？　そんなことをしたら、その瘴気で、気を失い、戦う機会を失いますよ。女神のあなたが戦えば、もしかしたら私に勝てるかもしれないのに。いいのですか？　あなたの兄が負ければ、ここに集まってくる瘴気に蝕まれ、ふたり揃って魔神入りです」

「待て、いまなんて言った？　ミリが女神になった……だと？」

俺は慌ててミリの職業を確認しようとする。

しかし、その職業を見ることができない。

つい先日まで、魔王と表示されていたはずのその職業とレベルが表示されない。

「ごめん、おにい。なかなか言い出せなくて」

ミリが申し訳なさそうに俯いて言った。

「お前、なに考えてるんだよ！　お前が女神になったらなんのために――」

「私が女神にならないとテトを救う方法が見つからなかったのよっ！」

ミリは叫んだ。

テト様の髪の色が黒から灰色に薄らいでいく。

「テトから瘴気を吸い取るには、どうしても女神の力が必要だったの。別にいいじゃない。女神といっても、人間とそんなに変わるもんじゃないし、ほら、地球の神話とかだと神様って人間との間にたくさん子供も作ってるのよ。兄妹で結婚してる神様もいるくらいだし、おにいとの間に子供を作ることだって許されるかもしれないわよ」

ミリは乾いた笑みを浮かべた。

「大丈夫だって、本当に私はなにも変わったりしないんだから」

ミリの髪の色がだんだんと黒くなっていく。

「おにい、最後くらいふんばりなさいよ」

ミリはそう言って、テト様の上に覆いかぶさるように倒れた。

急激に瘴気を吸い込んだことによる気絶。

「これで、あとはあなたひとりになりましたね、イチノジョウさん」

「…………ない」

「はい？」

「お前だけは許さない」

俺はそう言うと、スキルを発動させる。

「フェイクアタック、獣の血！」

獣の血のスキルにより、五分間限定でステータスを増大させる。

「剣の鼓動」

剣の鼓動スキルにより、白狼牙の技術をアップさせる。

さらに魔法はもう使えないと、第二職業から第五職業を物理特化の職業に変更し、補助魔法をすべて自分にかけた。

「そろそろ本気？　それはこっちのセリフだ」

俺は力任せに前に出た。

メティアスは強い。

俺の剣を簡単にいなす。

こちらが一撃を加えようとしても、一瞬の間に槍で的確に攻撃を仕かけてくる。

ダークエルフたちが仕立ててくれた服を着ていなかったら、とっくに俺の肉は裂けていただろう。

「大したことはありませんね」

俺はさらに攻撃を続けるが、空間を移動して攻撃してくるメティアスの攻撃を見切ることができない。

メティアスの槍が俺の死角から襲いかかり、魔王レベル３００の物理防御の壁を突き抜けてダメージを与えてくる。

気配を頼りに反撃をしようにも、ステータス頼りの俺の攻撃は空を切るばかりだった。

くそっ、このままではダメなのか。

なにかないか？

俺のステータスを上げるスキルがなにか？

ダメだ、俺ひとりではメティアス様に勝てない……このままじゃ……。

朦朧としてくる意識の中で、

「ふふ……ははははは」

俺は思わず笑ってしまった。

「どうしましたか？　自分の負けを悟っておかしくなったのですか？」

「いいや、ずいぶんと思いあがっていたと思ってな」

なにがひとりでだ。

俺はこれまでもひとりで戦ってきたことなんて一度もない。

必ず、誰かの手を借りて戦ってきたじゃないか。

なら、今回もそうさせてもらうだけだ。

「眷属召喚っ！」

俺がそう叫ぶと同時に、部屋中にダークエルフたちが現れた。

全員、完全に武装した状態で。

「私たちの出番はないかと思いました、イチノジョウ様」

「悪いな、待たせたようだ」

彼女たちは、俺と違い気付いていた。

魔王の戴冠式、見届け人——つまり俺の眷属となった彼女たちは、俺に召喚されるそのときを。

俺が最後の戦いに出向いたと聞き、いままで武装した状態で待っていてくれた。

カッコいい。諦めかけた俺なんかより、よっぽどカッコいい。

「ダークエルフがどれだけ揃っても私の敵ではありませんよ」

「いいや、こいつらは全員俺の眷属たちだ」

眷属強化で俺のステータスの一部が振り分けられているだけじゃない。

大切な仲間である。

仲間がこれだけ揃えば、俺は負ける気がしない。

白狼牙を抜き、俺は前に出た。

「イチノジョウ様を援護しろ！」

『はいっ！』

無数の矢がメティアス目がけて飛んでいく。

俺はその矢の中心に向かった。

さすがは日々訓練しているだけあり、メティアスの邪魔になり、俺をサポートする矢捌きだ。

「なら、まずはダークエルフから！」

メティアスが空間に入り移動しようとするが、その空間から巨大な白い爪が現れて彼女を攻撃した。

あれはフェンリルの腕っ⁉

いったいなんで⁉

「……悪いけど、あんたの使ってる空間と私の異次元収納を繋がせてもらったわよ。そのくらいの嫌がらせは……いまの私でもできるんだから」

うつ伏せに倒れるミリが、呻くように言った。

女神の力を使って、異次元収納とマイワールドを繋げたのか。

これでメティアスはもう迂闊に空間を通って移動ができなくなった。

無数の矢の中でメティアスはよく戦った。

しかし、その動きはいままでに比べ、明らかに精彩に欠ける。

一本の矢がメティアスの足に命中し、彼女は前のめりに倒れそうになる。

だが、それでも倒れない彼女の背中に、俺はとっておきの魔法を唱えた。

「オイルクリエイト」

彼女の足元に生み出された油が、メティアスのバランスを大きく崩し、うつ伏せに倒す。

「ここまでだ！」

俺は彼女の頭に白狼牙の切っ先を当てた。

油で勝つなんて、なんとも俺らしいカッコ悪い勝ち方だ。

「メティアス、負けを認めて、諦めろ」

「残念、これも私の計画通りよ」

「だったら、もうその計画もできないように完膚なきまでに――」

叩き潰す。

ハルやミリ、皆を守るためにも。

そう思ったときだった。

「待って！」

俺を止める声が響いた。

テト様の声だった。

「テト様、目が覚めたのですか⁉」

「メティアス様を殺したらダメ。全部彼女の演技」

「どういうことですか、テト様」

ララエルが尋ねた。

「瘴気に取り込まれてわかった。今回の迷宮から魔物があふれる騒動はそもそも魔神の力ではない。最初から、この世界のシステムだった。世界の瘴気の濃度が一定量を上回ったとき、迷宮から魔物があふれるという仕組み。この世界を維持するための」

「じゃあ、どうしてメティアス様とミネルヴァ様は嘘をついたんですか」

俺がそう言うと、メティアスは言った。

「見てみたかったのです。人間がどこまで不条理な世界に抗えるかを。そもそも、イチノジョウさんがこの世界に転移した理由は、そこにいるミリュウさんを新たな女神に据えるための布石にしか過ぎなかったのです。正直に言ってしまえば、あなたにはそれ以外、本来は世界に与える影響は皆無でした」

「それは、ずいぶんな言われようですね」

そう言ってみるが、怒る気にはなれない。

実際、日本にいたときもミリの兄ということ以外に誇れるステータスはなかったからだ。

「だからこそ私はあなたを試したくなりました。もしも強大な力を与えられたら、いったいあなたはどう動くのかと。少し女神の力に干渉を加え、あなたにふたつの天恵を与え、さらに無職スキルによるさまざまな力を与えました。ときには試練を与えるべくあなたを転移させたり、あるいは少し手助けはしましたが、しかしあなたの行動のすべてを制限するものではありません」

転移と手助け？

そうか、やっぱり××××スキルというのは、無職スキルを俺に与えたメティアスからの干渉だったのか。

「それで、あなたは見事に世界を救うために動き、私たちを超える力を身に付けました」

「でも、それってこんな状況になったら誰にでもできることですよね？　成長チートに無職チートがあって、世界の危機が訪れるなんて言われたら、戦うのは当然のことでは……もしかして、メティアス様は誰にでも当然のように世界を救ってほしいと思っていたのですか？」

「ええ。これから世界の瘴気はさらに濃くなっていき、遠い未来、女神たちはその瘴気による魔物の増加に対応すべく、職業によるステータスの上昇を高め、この世界に招く転移者に、より強力な天恵を与えなければいけない日が来るでしょう。しかし、強力な力というのは諸刃の剣。もしもその力に人が溺れ、醜い使い方をしたとき、今度はその者こそが世界の災厄となる。でも、残念ながら、私にはその遠い未来まで見通す力は、もうありませんでした。そこで、試すことにしたのです。なんの変哲もない、普通の青年に強大な力を与えたとき、彼はなにを思い、どんな行動をするのかと。ミネルヴァの目を通じて私はずっとあなたを見ていました」

ずっと見られていたのか。

ララエルたちは話を聞いて戦闘態勢を解除した。

「あなたが成長チートと呼ぶその力で、やりたいことをなんでもできるようになったとき、その者がなにを為すのか？　その結果をあなたは見せてくれました。私はそれで、未来に希望を抱き、今度は女神ではなく魔神として、この世界を見守っていけるでしょう。ありがとうございます」

「ちなみに、このことを勇者は知っていたのですか？」

「いいえ、知っていたのはここにいるミネルヴァだけです。彼女にはずいぶんと苦労をかけました」

そう言って、彼女は気絶しているミネルヴァ様の頭を優しく撫でた。

こっちは何度も殺されそうになったし、クインスさんやカノンが魔神になりそうになったということもあり、完全にメティアス様の言葉には納得することができない。しかし、彼女は本当にこの世界をなによりも大切に思っているようだ。

「でも、この魔物の増加が魔神たちの力ではないとすると、世界の危機はまだ続くということなんですか？」

「安心してください。瘴気の増減にはひとつのバイオリズムがあり、この山はあと数日で過ぎます。数日後には魔物の数は減るでしょう。ただし、瘴気が増えるのは事実。そこで、魔物の発生を少しでも抑えるため、これから女神たちと話し合い、新たな形の迷宮を創設させることにしましょう」

「新たな形？」

「ええ。イチノジョウさん、あなたは迷宮を破壊したとき、それが黒い糸になって修復されるのをその目で見ましたね」

「はい」

「あの黒い糸こそが瘴気の塊。そもそも、この迷宮というのは瘴気が物質化して作られたものなのです。そこにいるミリュウさんは知っていたようですが」

　メティアス様がそう言うと、ミリがため息をついた。

「ミリ、話を聞いていたか？」

　ずっと黙っていたから、てっきりまた気絶したのかと思った。

「まぁね。だいたい理解したわ。迷宮が瘴気から作られたのも知ってた。それを疑似的に作ったのが人造迷宮だし」

「そうなのか？」

「そうよ。あの島はもともと瘴気の濃い島だったから、それを素材にね。本物からは程遠い不出来な人造迷宮になったけど」

「いえ、あれはあれでかなり私の理想に近かったですよ。管理者が必要な迷宮であることには違いありませんが。むしろ、あれを見て、私は新しい迷宮の形を思い付いたのです。瘴気を浄化するのではなく、瘴気を集めるだけの迷宮——ただ瘴気を集め、ただ成長していくだけの迷宮を。そのような迷宮なら、女神が瘴気を浄化する作業の必要もありません。あとは人間たちに頼んで魔石の消費量を抑えてもらえば、瘴気の量も少しは減るでしょう」

「瘴気を集めて成長をし続けるだけの迷宮って、限度ってもんがあるでしょ。下手したら世界中が迷宮そのものに呑み込まれるわよ」

「それでもいいんじゃないかい？」

そう言って現れたのはコショマーレ様だった。

「コショマーレ……ずいぶんと迷惑をかけたわね」

「メティアス、悪かったよ。あんたがそこまで考えていたなんて」

「いいえ、あのとき封印されることくらい私は知っていた。知っていて魔神になった。悪かったわね、あなたに相談しないで」

「しかし、人間に負けるとは哀れじゃの、メティアス。妾に女神の座を譲って正解じゃったようじゃ」

そう言ってトレールール様が現れ、彼女に続くようにセトランス様とライブラ様も現れた。

「いやいや、あの力は大したもんだよ。戦い足りないなら私ともう一戦交える気はないかい？」

セトランス様はそう言って俺に槍を向けてきた。

「戦い足りないはずがないですよね、あれだけ戦って。地上は地震が二度も起きたことでパニックになっていますよ」

ライブラ様は少し怒っているようだ。

やべ、やりすぎたか。

フロアランスの地震騒ぎを思い出す。

たった一度、しかも深い迷宮の最下層で魔法を放っただけであの騒ぎだ。

今回は十五階層で二度も放ったんだ、いったいどれほどの被害が出ているか。

「あの……怪我人は出ていませんよね？」

「安心してください、我々の力で怪我人は出ないようにしましたから。むしろ、そちらのフォローのせいで、我々の到着が遅れたくらいです」

俺はそれを聞いて一安心した。

建物の修繕費についてはメティアス様に請求してもらおう。

「それで、コショマーレ。世界がどうなってもいいって言うの？」

ミリがコショマーレを睨みつけた。

「ああ、そう言ったんだよ。私たち女神はこれまで通り瘴気の浄化に尽力する。それでも浄化しきれない瘴気は迷宮を成長させる。そのための魔神なんだろ？」

そのための魔神？

「魔神は女神と逆の存在。この世界が地球から瘴気を集め、浄化するために尽力をするのが女神だとするのなら、魔神はこの世界の瘴気を集め、地球に送ることもできます。浄化しきれなかった瘴気の一部は、今後地球に送ることになる。地球の人だってバカじゃない、地球側の人間からしたら暗黒物質(ダークマタ)ともいえる瘴気という存在に気付き、研究し、それが人々の怒りや悲しみといったストレスから生み出されることまで理解できるはずです。そうすれば、世界はどう動くのか？」

「そんなのは開けてみないとわからないってことだね」

ライブラ様の言葉を、セトランス様はどこか楽しそうに引き継いだ。

それってつまり――

「妾たち女神は、瘴気に関する問題を、成長する迷宮を作ることによりすべて先送りにするという話じゃな。妾にぴったりの怠惰な解決策じゃ」

トレールール様はそう言って笑い、女神様たちは俺たちに礼を言い、そしてテト様とメティアス様、気絶しているミネルヴァ様を連れて去っていった。


まるで、すべてが解決してエンディングに向かっていくみたいだが、冷静に考えてほしい。

「それって全然解決してないいんじゃないか？　先延ばしにしただけ、あとはなんとかなるって、それってなんとかならなかったらどうすればいいんだ？　また今回みたいな騒動が起きるのか？」

「いいんじゃない、おにい。解決するのは女神でもなければ魔神でもない。地球とアザワルドを含め、すべての人が解決していけばいいってことで。おにいは、未来の人のためにいまを精一杯頑張ってくれた、それでいいじゃない。この話は終わりじゃない、これからも続いていくの」

「終わりじゃなくて続く……だから先送りか」

そう言われたら、納得できた気がした。

ダークエルフたちには、先にマイワールドに帰ってもらうことにした。

さっきの地震のせいで王都の衛兵がここまで駆け付けることになれば、ダークエルフたちが生きていることが世間にバレることになってしまうから。

「ていうか、ミリは女神たちと一緒に行かなくていいのか？　お前も女神になったんだろ？」

「あぁ、それは大丈夫。私が女神になるとき、ちょっとだけ契約したから」

ちょっとだけ契約？

それってなんの契約だ？　と思ったときだった。

「イチノジョウ！」

背後から俺の名を呼ぶ声が聞こえた。

と同時に体の中から力が抜ける。

【職業：魔王が奪われた】

なん……だと？

振り返るとそこにいたのは、血走った目を浮かべるタルウィの姿だった。

その手に握られている宝石に、俺は見覚えがあった。

職奪の宝石――相手の職業を奪い、自分のものにすることができる宝石だ。

まさか、タルウィも持っていたのか。

「タルウィ、なんのつもりだ？　もう戦いは終わった。魔神は女神とともに行き、世界から魔物は引いていく。俺たちを倒しても勇者の願いは――」

「アレッシオは関係ない。これは私の勝負だ。私の――」

目が血走っている。

こいつはなにを言っても言うことを聞かない。

「お前が鍛えたこの魔王の力を使い、私が最強になる」

タルウィがそう言って宝石を掲げたそのときだった。

彼女の背後から走ってきたケンタウロスが、必死になって掴まっていたジョフレとエリーズを振り落として、盛大にジャンプしながらその職奪の宝石を丸呑みにしてしまった。

「なっ」

彼女は驚きの声を上げたまま、そのままケンタウロスによって押し潰された。

なにがなんだかわからない。

「ご主人様……いったいこれは?」

「ハル、気付いたのか」

「私が気を失ったあと、なにがあったのですか?」

「ええと、詳細は省くが、魔神の問題は解決し……その、ケンタウロスが魔王になった」

「え?」

ハルは驚き、ケンタウロスのほうを見たが、

「吐き出せ、ケンタウロス。その宝石はこの姉ちゃんのだ!」

「そうだよ、ケンタウロス。あんな高そうな宝石、いまの私たちじゃ弁償できないんだよ」

ジョフレとエリーズに口を引っ張られても、ケンタウロスは暢気そうにしているだけで、特に大きな変化は見られない。

「いつもと変りないように見えますが」

そうなんだよな。

職奪の宝石って食べるだけだと効果が出ないのか？

それとも、魔物には職業が存在しないから、職奪の宝石の効果が出ないのか？

そもそも、なんで宝石を食べたんだ？

野菜と勘違いしたのか？

疑問が尽きない。

そのうち、こいつの糞として排出された職奪の宝石を手にした人間が魔王になるのだとしたら怖いから、あとで女神様に相談しよう。

「イチノ様っ！」

キャロが俺の名を呼び走ってきた。

そして、俺に飛び込むように抱き着いた。

「イチノ様、ご無事でなによりです！　魔物の数が急に減り、瘴気も薄くなったので急いで駆け付けました」

「キャロ、心配かけて悪かったな。クインスさんはどうした？」

「クインス様なら、疲れたから先に帰っているそうです。オレゲール様のお屋敷でお待ちになっているはずです。瘴気を抜くために、しばらくは普通の生活に戻れないそうですが」

キャロは残念そうに言った。

「あ、でも、キャロとイチノ様の結婚式には出席してくださるそうです！」

突然の発言に俺は思わず噴き出しそうになる。

本当にキャロはこういうところでもグイグイくるな。

そろそろ婚約指輪の用意をしないといけない。

「楠さん、もう終わったのですか？」

真里菜が来た。

カノンは、真里菜の肩を借りてなんとか立っているという状態だ。

「真里菜が勝ったのか？」

「これはただの姉妹喧嘩みたいなものさ。仲直りしただけで、勝ちも負けもないよ」

カノンは負け惜しみを言うが、真里菜は笑顔で頷いた。

「ジョフレ、エリーズ、……タルウィはどこに行った？」

「あれ？　そういえば、宝石を持ってた姉ちゃんがどこにもいないな」

「そういえば、あの人って前に魔王竜退治を一緒に手伝ってくれた人だよね」

気付けば、タルウィの姿はどこにもなかった。

もしかしてケンタウロスに食べられて……はないよな。

ひとりで逃げたのか。

まぁ、いまのあいつの力ではなにもできないだろう。

「ジョフレ、エリーズ。俺たちは先に帰るから、悪いがケンタウロスと一緒にそこに倒れている男を連れて戻ってくれないか？　正直、もうへとへとなんだ」

「おう、任せろ！」

「うん、任せて！」

ジョフレとエリーズは、ケンタウロスが職奪の宝石を食べたことなど簡単に忘れてしまい、親指を立てて言った。

「ああ、任せた」

俺はそう言って、アレッシオのことをふたりに任せると、ハルたちと一緒にマイワールドに戻った。

これで本当に全部終わりだ。

とりあえず、マイワールドの露天風呂でゆっくりしようか……そう思ったのに。

なぜか、マイワールドに、立ち去ったはずのライブラ様がいた。

ピオニアたちは俺が帰ってきたこともお構いなしに、ライブラ様の世話をしている。

「戻りましたか」

「どうなさったのですか？」

「メティアス先輩から言伝がありまして、こうして待っていました」

メティアス様から？

あの場で話してくれたらよかったのに。

「お詫びの言葉ならもう結構ですけど」

「お詫びでしょうが、言葉ではなく情報です。これから一週間後、この世界の中心から地球の日本に続く扉を開けることができます」

ライブラ様は言った。

魔神は二柱しかいないため、どこでも簡単に地球に続く扉を開けられるわけではないそうだが、しかし、特定の条件が揃ったときだけ、地球に戻すことができるのだと。

「ミリュウはもう女神ですから地球との行き来は自由にできます。もしも、イチノジョウさん、マリナさん、両名が地球に戻りたいのであれば、一週間後、この世界の中心にいらっしゃってください。ただし、地球に戻ったとき、身に付けたスキルとステータスはすべて失われます」

ライブラ様はそう言うと、歩いて展望台らしき建物があるこのマイワールドの中心に向かった。

「私は準備がありますので、しばらくはピオニアとニーテをお借りします」

シーナ三号を連れていかなかったことは正しい判断だと思う。

「俺はこの世界に残る。ハルとキャロと離ればなれになるなんて想像もできないし、ミリが自由に地球とこっちを行き来できる以上、日本に戻る理由はありません」

俺はそう言って真里菜を見た。

彼女にはいつか日本に戻ってほしいと思っていたが、一週間後というのはあまりにも急すぎる。

そんな短時間で、真里菜の決意は固まるのか？

「私は……不安です。まだカノンの瘴気は全然取り除けていないし、地球に戻っていままで通りやっていけるのかも不安。それに、中学校も三年間通えていないし、高校の受験もできていない。地球で私ってどういう扱いになっているのかわからない」

やっぱりそうか。

これなら、ライブラ様に相談してみるしかないかな？

一週間後が無理でも、一カ月後とか二カ月後にもう一度日本に続く扉を開けませんか？　って。

もしかしたら、毎週金曜日の午後六時から行われるスーパーのタイムセールみたいに、定期的に日本に戻れるかもしれない。

そうだ、考えるのは一週間後の機会を逃したら、次はいつ日本に戻れるのか聞いてからでも遅くないじゃないか。

「なぁ、真里……」

「でも、私は地球に戻る。カノンが必死になって私を日本に戻そうとしてくれたんだもん。こんなちょっとした不安なんて跳ね返してみせる」

彼女のその目を見て、俺は先ほどの提案を呑み込んだ。

もう、彼女の決意を無下にはできない。

彼女——桜真里菜は一週間後に日本に戻る。

幕間　勇者たちの旅立ち

（俺は……負けたのか）

目を覚ましたとき、アレッシオはすでに悟っていた。

イチノジョウは魔神との戦いに勝利し、世界は平和に向かって歩みを進めた。

それはアレッシオにとって、世界には勇者の力が必要のない証明となってしまった。

（僕はこれからどうすればいいのかな？）

勇者として生まれ、勇者として育ち、勇者として戦ってきた彼にとって、それは自分という存在の否定でもあった。

（このままここで死んでもいいかな）

もしもこのまま動けなかったら、魔物に食べられて死ぬ。

そうでなくても飢えて死ぬ。

どうせ死ぬなら、魔王と戦って死にたいと思っていたが、しかしそれはもう叶わないだろう。魔王軍を取りまとめていた魔王は、邪魔になりそうだったから先に倒してしまった。

魔王の力を持つイチノジョウも、ファミリスの生まれ変わりであるミリも、自分を殺してはくれないだろう。

（なら、次点の魔物に食べられるほうで……）

アレッシオがそう思ったとき、

「うわっ」

自分の上に生温い涎が垂れてきて、アレッシオは思わず起き上がった。

食べられたいとは思っていても涎をかけられるのは嫌だった。

「って、え？」

そこにいたのは、狂暴な魔物ではなかった。

涎を垂らした主は、のんびりとした様子のスロウドンキー。そして一緒にいるのは、赤い髪の男と青い髪の女のふたり組だった。

スロウドンキーは知っている。

メティアスを封印し、彼女の人形であるミレミアがアレッシオのところに届けてくれた聖獣だ。

だが、冒険者ふたりは見覚えが……。

（あれ？　このふたりってどこかで見たような……）

見覚えがないと思ったが、昔どこかで見たような気がする。


アレッシオは必死に考え、思い出した。

かつて、魔王から苦しんでいる人々を救うため、世界中を回っているとき、どこかの町で案内してもらった少年と少女に似ていることを。

あれは十年以上前の話なので、いまならこのくらいにまで成長していてもおかしくはない。

本人である可能性も高いが、名前も覚えていないし、どこで会ったのかも覚えていないから確認のしようがない。

「目を覚ましたんだな、兄ちゃん！　俺はジョフレだ。兄ちゃんの名前は？」

「はじめまして、お兄さん。私はエリーズ。お兄さんの名前は？」

自分のことを知らないということは、イチノジョウたちの知り合いじゃないのか？

「僕は……」

アレッシオは名乗ろうとして、

「シオだ」

と、よく使っていた偽名を使った。

勇者であることを知られたくなかった。

勇者が負けたことを知られたくなかった。

「そうか、シオか。シンプルな名前でいいな！」

「うん、シンプルイズザベストだね！」

「じゃあ、家に帰ろうぜ！　俺は腹が減ったよ。モーニングサービスに腸詰めを付けて食べたいくらいだぜ」

「うん、お家に帰ろ！　あ、早く行かないと食堂のモーニングサービス終わっちゃうよ！」

「なに！　それは一大事だ！　急いで戻らないと」

ジョフレはそう言って気付いた。

アレッシオが立ち上がろうとしないことに。

「シオ、どうしたんだ？　お腹が痛いのか？」

「え？　大変、お腹が痛いときは梅干しをこめかみに当てたらいいんだよ」

ダイジロウから聞いたことがあるけど、それは頭が痛いときの治療法じゃないか？　とアレッシオは思った。

さらに、梅干しは西大陸では手に入らない。

「いや、お腹は痛くない。ただ、疲れたんだよ。魔物と戦うことに」

だから死なせてほしい――そう言おうとしたが、それを聞いたジョフレとエリーズはなぜか笑顔になってアレッシオに言った。

「なんだ、俺たちと同じだな！　俺たちも、ついさっきまで大量の魔物と戦ってきたんだぜ！　千匹は剣で切り裂いたな。疲れたぜ」

「うん、私も大量の魔物と戦ってきたの！　千匹は鞭で懲らしめたから疲れたよ！」

そこまで強そうには見えないが、しかし魔物のあふれる迷宮の最下層まで来たというのは事実だ。

もしかしたら、自分にはわからない実力がこのふたりにはあるのかもしれないとアレッシオは思った。

「そうか、君たちは冒険者なのか。なら、君たちに聞きたいことがある。とある冒険者が世界のために戦った。でも、世界中の人は世界が平和になった途端、その冒険者に感謝しなくなった。もしも君たちがその冒険者の立場だったらどう思う？」

突拍子もない質問に、ジョフレとエリーズは不思議な顔もせずに考え込む。

ジョフレとエリーズのアイテムバッグを勝手に開けて、中に入っている野菜を食べるケンタウロスの咀嚼音だけが部屋に聞こえてきた。

そして、ジョフレとエリーズは答えを出す。

「誰にも感謝されないのは寂しいな」

「誰にも感謝されないのは寂しいね」

やはりそうだとアレッシオは思った。

人間、自分の行いを誰にも理解してもらえないことほど、つらいものはない。

人は誰かに賞賛され、初めて達成感を得られる。

それは勇者でも同じことだと。

しかし、その考えを、ジョフレとエリーズはいとも簡単に覆した。

「だって、俺が頑張ればエリーズがいつも見てくれているから。その冒険者には認めてくれる仲間はいなかったのか?」

「だって、私が頑張ればいつもジョフレが見てくれているから。その冒険者には一緒に喜び合える友達はいなかったのかな?」

そう言われて、アレッシオは思い出す。

自分がなにをしても、どんなことをしても、見ていてくれた仲間がすぐ傍にいたことを。

だがいまは――

「いま、その冒険者には……」

誰もいない――そう言おうとして、

「その冒険者には、結局、その冒険者を見捨てられず、こうして地獄の底までついてきちまうバカな仲間がいるよ。よぉ、ええと、シオだったか？」

突然現れたハッグを前にして、なにも言えなくなった。

アレッシオはハッグの肩を借りて立ち上がる。

「待たせたな。ったく、派手にやられやがって」

「いいや、ちょうどいま会いたいと思ったところだよ。やられたのはお互い様だろ」

そして、アレッシオはそう言った。

「もう大丈夫なのか？　シオ。よかったら町まで送っていくぞ」

「モーニングサービスもご馳走するよ？」

「お前ら、町は非常事態だからモーニングサービスなんてないぞ」

ハッグが呆れたように言った。

町は配給制が続いていて、食堂の大半は休業中だ。

ジョフレとエリーズは、魔物発生事件が解決したから、もう店が開いていると思っていたようだが、事件が解決したからといって、すぐに店が開くわけではない。

「そっか……なら、肉でも焼いて食うか」

「魔竜の肉だね。山ほどあるからね」

魔竜の肉と聞いて、ハッグは驚く。

凄腕の冒険者でも滅多なことでは相手にしたくない魔竜を、このふたりは大量に狩ったのかと。

それなら、こんな魔物だらけの迷宮の最下層までたどり着けたことに納得できる。

実際は肉をイチノジョウからもらっただけだが。

「世の中はわからねぇな。ほら、帰るぞ、シオ」

ハッグはそう言って、転移札を取り出した。

「ああ。そうだ、ジョフレとエリーズだったね。僕たちはこれから北大陸のクッサという温泉の有名な町にしばらく滞在するつもりなんだけど、もしも冒険がしたいなら来なよ。君たちなら歓迎するよ」

「そうか！　ああ！　そのときは是非頼むよ！」

「旅は道連れ世は情けだね！」

ふたりの言葉に、それってどこのことわざだっけ？　と思ったが、アレッシオが気付いたときは王都近くの展望台にいた。

「それで、これからどうするんだ？　本気で俺と温泉旅行に行くつもりか？　勇者様が湯治旅行なんてしてていいのか？」

「いいや、ハッグ。魔王に負けたいま、僕はもう勇者を名乗るのをやめるよ。そうだね」

アレッシオは朝日に照らされる王都を見下ろして言った。

「しばらくは無職として、のんびりしてみようかなって思うよ。そうすれば、少しは世界も違って見えるかもしれないからね」

それを聞いて、ハッグは小さく笑ったのだった。

「勇者が無職とか、世界はそんなに平和だったかねぇ」

第五話　桜真里菜の旅立ち

フロアランスに帰ってきて一週間が過ぎた。

あの戦いは、もう遠い昔のようにも感じるし、つい昨日のようにも感じる。

それくらい、現実感のない戦いであった。

だが、それでも流れた時間は戻ってこない。

真里菜が日本に戻る日がやってきた。

「マリナちゃん、ニホンって国に帰っちゃうのね。寂しくなるわ」

マーガレットさんがハンカチを噛んで、目に涙を浮かべる。

マイワールドが使えなかった間、俺たちは彼女の家に居候させてもらい、最初は面喰らっていた真里菜も、いまではすっかり彼女と仲良くなった。

「これ、お弁当。向こうで食べてね」

「ありがとうございます」

彼女は礼を言うと、被っていた魔法使いの帽子を脱ぎ、頭を下げ、マーガレットさんが差し出したランチボックスを受け取った。

そして――

「マリナ……」

マーガレットさんの横に立っているカノンが真里菜に声をかけた。

カノンは真里菜に近付くと、そっと抱き寄せた。

「あんたは私に勝ったんだ。日本って国がどんな世界か私は知らないけれど、もう大丈夫。マリナは誰にも負けないよ」

「……うん、ありがとう、カノン。本当にありがとう」

そして、真里菜は満面の笑みでカノンに別れを告げる。

本当は泣きたくなるような気持ちだろうに、頑張って笑顔を作って。

彼女は強くなった。

きっと、マリーナの強さが彼女の中でしっかり生きているのだろう。

「もういいのか?」

「……はい」

「カノン、もしよかったらマイワールドまで――」

「あぁ、もう。せっかく私が感動的な別れを演出したのに。そんなことばかり言ってると、ガールフレンドふたりに愛想つかされるよ」

カノンはそう言って笑った。

「そっか。じゃあ、ちょっと行ってくる」

そう言って、手を振るマーガレットさんに頭を下げ、真里菜の手を握って「拠点帰還（ホームリターン）」と魔法を唱えた。

マイワールドに戻ったところで、俺は真里菜に言う。

「もう泣いていい――」

俺はそう言いかけて、そっとハンカチを取り出して彼女に渡した。

彼女はそれを受け取り、涙を拭く。

「すみません、ありがとうございます」

「よく我慢したな」

本来、こういう別れのシーンでは、「今生の別れというわけじゃない」「生きていればきっとまたいつか会えるさ」と言う流れになるのだろうが、今回の場合は違う。

地球とアザワルド、ふたつの世界の行き来はそう簡単にできるものではない。

もう、真里菜は二度とカノンに会うことができない。

それは、真里菜もカノンもわかっていただろう。

「ご主人様、準備ができています」

先にマイワールドに戻っていたハルがピオニア、ニーテとともにやってきて、真里菜を一瞥する。

「マリナさん、ライブラ様より伝言です。周期の流れを観測したところ、今日を逃したら、次に地球に行けるのは三年後だそうです」

三年――物語の定番だと、今回を逃したら次に地球に行けるのは何百年後とか言って、戻る決心をさせるところなのに、そんなこと言ったら決心が揺らいでしまうんじゃないか？

「大丈夫です。今日、地球に戻ります。三年もこっちの世界に残ったら、社会復帰が難しくなりますから」

真里菜がとても立派なことを言う。

俺よりも遥かに偉い。

「そうだよね、引きこもり生活が長いと社会復帰が大変だよね。そう思わない？　ピオニア姉さん」

「否定します。社会に求められるのは多様性であり、私が持つ地球のデータベースを参照すると、自宅から出ずに社会参加することは可能です」

「姉さんの引きこもり体質は筋金入りだ。あたしは妹として先が思いやられるよ」

ニーテがやれやれといった感じで首を横に振った。

俺たちはその足で天文台に向かった。

ちょうど、この場所からは星の裏側にあるため、かなりの距離がある。

マイワールドも大きくなったもので、最近は俺の知らない建物も増えてきている。

たとえば――

「イチノジョウ様！　新刊が出たんです！　持っていってください」

「ニャーピースの最新刊もあるデスよ！」

いつの間にかできた本屋で、リリアナとシーナ三号が手を振って言った。

「お前、今日は真里菜の別れの日だっていうのになにをやっているんだよ！　というか、この漫画はどうした？」

確かに、そこには俺の知らないニャーピースの漫画があった。

俺がこっちの世界に来たときにはまだ発売していなかった新刊だ。

「トレールール様から借りたのをコピーしたデス！　シーナ三号の手にかかれば余裕デス」

「お前、著作権って言葉をいい加減に学べ」

「甘いデスね、マスター。こちらの世界では本の模写は合法デス。むしろ、印刷技術の発達していないこの世界では、九割以上の本が写本なのデス！」

「ほぉ……で、この漫画はどうやって描いたんだ？」

「もちろん、シーナ三号の手にかかれば本の複写など朝飯前デス！　三秒で製本完了したデスよ！」

お前の印刷技術、地球以上じゃねぇか！

なんだよ、その無駄スキル。

こいつが世に出る前に、国際条約で著作権保護に乗り出さないと、アザワルドから作家業という仕事が成立しなくなるぞ。

とりあえず、ニャーピースの最新刊はあとで読むことにして――

「それで、リリアナの本、これはなんだ？」

「もちろん、今回のイチノジョウ様の活躍を本にしました！　勇者アレッシオを倒し、『お前も勇者なんてくだらない肩書きを捨てて、一回無職になってみろって。世界はそれだけで違って見えるんだぜ』と言ったシーンとか感動しました」

待て、なんでそれをお前が知っている？

決め台詞ほど、他人に言われて恥ずかしい言葉はないんだぞ。

「こんな本、誰が買うんだ？」

「すでに百部売れています」

「マイワールドの人口を上回っているぞっ⁉」

「挿絵にイチノジョウ様のイラストを使ったのがよかったんでしょうね。皆さん、読書用と観賞用と買っていかれます」

しかし、本当に二冊も売れるのか？

口絵の部分に俺を三倍くらいカッコよくしたイラストが描かれていた。

「すみません、二冊ください」

「はい、ありがとうございます」

横で本当に買っている奴がいたっ！

ハルは買わないのだろうか？

「あ、そうそう、ハルさん。また次巻を考えているので、ネタがありましたら提供をお願いします。もちろん、献本はお渡ししますので」

ハルは制作者側だった。

くそっ、俺が勇者に言ったセリフをリークしたのは、やっぱりハルか⁉

気付いていたよ、あの場にいたのはハルとミリだけだもんな。

しかも、シリーズ化されるらしい。

「シーナ、例の準備は終わったのですか？」

ピオニアが尋ねた。

「はいデス！　準備は完了してるデスよ！」

「例の準備？」

俺はなにも聞いていない。

真里菜の送別会だろうか？

だとしたら、俺も打ち合わせに参加したかったと思う反面、女神様たちを待たせることにならないか心配になる。

それに、真里菜にとってダークエルフたちはほぼ初対面なわけで、空気とか大丈夫だろうか？

まぁ、成長した真里菜なら大丈夫か。

こいつの心の成長速度は、今回の件で俺の成長チート並みだということが証明された。

ただし、ずるは一切していない、彼女自身の力なところが、俺とは全然違う。

そうだ、せっかくだし、最後に真里菜の宴会芸でも拝むとしよう。

彼女の大道芸スキルをのんびりと見たことがなかった気がする。


「なんじゃこりゃ！」

思わず叫ぶにしても、ありきたりな声を上げた。

俺が生まれるより遥か昔のドラマで、拳銃で撃たれた刑事が同じように叫んだそうだから、人間、意味不明なことが起きると無意識にそう叫んでしまうのかもしれない。いや、あっちは脚本通りに叫んでいるわけだから無意識なはずがないか。

だが、俺は無意識に叫んでいた。

なにしろ、天文台の前に女神、魔神の皆様はじめ、ダークエルフの皆が揃っている広場で、ハート形のお立ち台が置かれ、

【イチノジョウ様に告白大会！】

という横断幕が掲げられていたのだから。

「なんだこれ、なにも聞いていないんだが。誰の仕業だ⁉」

そもそも、告白大会ってなんだよ。

「すみません、楠さん。私です。その、このまま帰ってしまったら、マリーナにも、カノンにも怒られてしまうので」

彼女はそう言うと、恥ずかしいお立ち台に上った。

「私は楠さんのことが好きです！　もしよかったら、私と婚約して、一緒に日本に帰ってください！」

それは、あまりにも突然の告白だった。

告白大会と書いてあるんだから、突然もなにもないだろうか。

真里菜にもこれまで匂わせている態度があったし、拠点帰還（ホームリターン）にも登録されていた。

なんて、これが物語で、俺が読者だったら思っていたかもしれない。

しかし、俺にとってはやはり突然以外のなにものでもなかった。

突然の告白、好きだという気持ち。

驚きはしたが、しかし、彼女の気持ちは俺の心に伝わってきた。

「……ありがとう、真里菜。とっても嬉しいよ」

俺は彼女だけを見て言う。

「でも、ごめん。俺はこの世界に残るって決めたんだ。お前の気持ちには応えられない」

俺の言葉に、真里菜は少し俯いた。

彼女の言葉は、彼女の気持ちは、とても嬉しい。

自分を好きになってくれた人を突き放すというのは、こんなにもつらいものなのかと心が痛い。

でも、それ以上につらいのは彼女なのだと、俺は真里菜をしっかりと見た。

「……はい、わかっていました。あ、私が振られたときはカノンが『あとでぶん殴る』って言ってたので、甘んじて受け入れてくださいね」

そう言って真里菜はくすっと笑った。

「それはイヤだな」

俺も釣られて笑った。

「これで、私に思い残すことはありません。では、次に行きましょう」

「次って……え？」

ほかに俺に告白する人がいるのか？

すると、真里菜と入れ替わるように、お立ち台に上った人がいた。

ノルンさんだ。

「お兄さん……いえ、イチノジョウさん！　ええと、フロアランスの広場に美味しい川魚の店ができたので、今度一緒に行きましょう」

「え？　はい」

俺は頷くと、周囲から拍手が起きた。

川魚は好きだし、誘われたらいつでも受けたのに、なんでこんな場所でわざわざ？

というか、一緒に食事をする約束なら、すでにしていたはずなのに。

「じゃあ、次はミリの出番だね」

真打ち登場とばかりに、ミリが壇上に上がる。

「お前もなにかあるのか？」

「うん、重大な告白がね」

ミリからの重大な告白ってなんだ？

イヤな予感がするんだが、魔王関連か？　それとも女神関連か？

「実はミリはおにいの本当の妹じゃないのっ！」

「本当に重大な告白来たっ！」

「というのは冗談で――」

冗談と聞いて、俺はほっと胸を撫で下ろす。

質が悪いにもほどがある。

「私、人間じゃなくなっちゃったけど、それでもこれからもずっと、おにいと一緒にいさせてください。ずっと妹でいさせてくださいい」

ミリは俺にそう言った。

真剣な目で。

「……は？」

なに言ってるんだ、こいつ。

「いや、ミリ。いちおう、これから真里菜を地球に送るんだし、少しは空気読めって。これ以上おふざけに時間を取ってる暇はないいんだが」

「ちょっと、おにい、なんでおふざけなのよっ！」

「俺はお前の保護者なんだ。一緒に暮らすのは当たり前だろ？　ていうか、妹でいさせてくださいって、俺が無職を辞められない以上に、お前は俺の妹をやめられないんだよ。まぁ、兄としては妹に立派な旦那さんを見つけてほしいという気持ちと、いつまでも独身でいてほしいって気持ちで揺れ動いていたけど、女神になったら結婚ってできないんだろ？」

俺が笑って言うと、ミリは顔を真っ赤にしてお立ち台から下りた。

なにをしたかったんだ、あいつ？

「傍若無人魔王が盛大に滑ったデスね。傑作デス！」

シーナ三号がケラケラと笑って言うと、それが聞こえたのか、ただの八つ当たりか、ミリが彼女の脛（すね）を思いっきり蹴り、蹴られた彼女は地面に倒れて脛を抱えてぐるぐると転げ回っていた。

ミリは魔王になっても女神になっても相変わらずだな。

「というか、そろそろ本題に移ってよいかの？　妾、家に帰って録り溜めしておいた深夜アニメを見ないといけないんじゃが。そろそろ見ておかないと、ネットで先にネタバラを見てしまう可能性があるのじゃ」

トレールール様がとんでもないことを言い出した。

ミリ以上に空気の読めない女神様だ。

「トレールール、地球に浄化した気が最大限に高まるまで、現時点からあと五時間三十七分十二秒あります。また、装置の準備も終わっていません」

「そういうことだよ。まぁ、こうして新旧女神が揃うことは滅多にないんだから、少しは場を楽しみな。なぁ、ミネルヴァ」

ライブラ様が時計を見て秒刻みのスケジュールを告げ、コショマーレ様がお茶を飲んでトレールール様を窘めながら、横にいるミネルヴァ様を見た。

そのミネルヴァ様はというと、椅子の上に体育座りになり、ぶつぶつと呪詛のようになにかを呟いていた。

「周囲の目が痛い。『お前、あれだけ世界を乱しておいて、なにしれっとパーティに参加しているんだよ』って視線が痛い。死にたい……ていうか、あのときなんで死ねなかったんだろ、私。絶好の機会だったのに。やっぱりいまからでも遅くない。死ねば死ぬとき死ねども死のう」

「甘んじて受け入れなさい、ミネルヴァ。これはあなたに課せられた使命です」

ミネルヴァ様の横で、女神に戻ったテト様が黙々と本を読み続けている。

魔神になっていた間の仕事が溜まっているそうだ。

瘴気の問題が後回しになったといっても、それ以外にも世界の災厄の種はいろいろと残っているらしく、手を抜くことはできないんだとか。

ただし、魔神となったメティアス様とミネルヴァ様が、現在テト様のところで仕事の手伝いをしていて、そのため、いま溜まっている仕事がある程度片付いたら、少しは作業にゆとりができるらしい。

「魔神と女神が一緒になって食事とはな。これもあんたの予想通りだったのかい？　メティアス先輩」

「さて、どうなのでしょう。魔神となってからは未来を見通す力にも制限がかかっていましたからね」

ビールをピッチャーごと飲んでいる豪快なセトランス様の問いに、メティアス様は優雅にワイングラスを傾けて言った。

「まったく、結局のところは問題を先送りしただけだっていうのに、暢気なものよね、女神も魔神も」

「お前が言うなっ」

俺はミリの頭に手刀を打ち込む。頭のリボンが大きくへこんだ。

そもそも、こいつが無人島に瘴気を自動的に浄化させるシステムを作ったことが、メティアス様に今回の件を思い付かせる原因になったのだから。

ついでに、魔石の回収も進めば、さらに瘴気の問題が解決するそうだが。

「でも、魔石の回収とかって簡単にできるものなのか？　魔石はこっちの世界では大切なエネルギー源なんだろ？」

「そのあたりはコショマーレがいろいろ考えているみたいだし大丈夫でしょ。思い付かなかったら、百年後から私が動くから大丈夫よ」

大した自信だ。

ミリは女神になるにあたって、百年間は女神としての仕事をしないという条件を出した。

なんで百年なんだ？　と尋ねたら、俺が死ぬのを看取ってからでも遅くないからだという。

その理論でいうなら、俺は百二十歳まで生きることになる。

ハルやキャロを残して死にたくないとは思っていたが、そこまで長生きできるとは思えないんだけどな。

「それなら、俺が死ぬまで女神の仕事をしないという条件にしたらよかったんじゃないか？」

と尋ねたところ、

「それだと、女神や魔神がおにいを秘密裏に暗殺するかもしれないでしょ」

なんて、とんでもないことを言い出した。

さすがにそれはないと信じたいが、世界が平和に機能するか確かめるために、世界を滅亡させようとしたメティアス様が魔神の筆頭なのだ。

どうしてもミリの力が必要になったとき、俺ひとりの命と世界を天秤にかけたら、本当に俺を暗殺しかねない。

これに関しては、ミリグッジョブと言っておくことにしよう。

グダグダの告白大会も終わり、時間まで皆で立食形式での食事を楽しむことにした。

全員でバーベキュー大会だ。

「ご主人様、こちらのお肉が焼けています」

「イチノ様、こちらのキノコが焼けています」

ハルとキャロが盛ってくる肉やキノコを食べながら、俺は真里菜のほうを見た。

彼女はバーベキューには参加せず、マーガレットさんからもらったサンドイッチを食べていた。

「どうした、バーベキューは食べないのか？」

「はい。コショマーレ様に聞いたら、仮面の欠片は地球に持って帰ってもいいそうですが、このサンドイッチは向こうに持っていけないそうなので。それに、このサンドイッチは私の好きなものばかり入っていて」

サンドイッチの種類は多い。

全部好きな具材が入っているのか。

真里菜の性格的に、マーガレットさんと仲良くなったとはいえ、好きな食べ物を聞かれて、いくつも答えることはできないだろう。

なら、なぜマーガレットさんが知っていたのか？

「それって……」

「はい。カノンも一緒に作ったんだと思います。私のために」

「カノンらしい贈り物だな」

「はい。あ、楠さん、これもお返しします」

真里菜はそう言って、風の弓を俺に渡した。

魔弓も当然、地球に持っていくことはできないそうだ。

「あぁ、これもハルに返しておくよ。あぁ、ひとつだけ頼みがあるんだが」

「なんですか？」

俺は、とある住所について説明した。

手書きの地図も一緒に渡す。

「ここにある寺なんだが、わかるか？」

「はい、わかります」

結構有名な寺だったので、真里菜も知っていたようだ。

「そうか。じゃあ、そこの近くの霊園の左奥から二番目に楠家の墓って書いてある墓石があるから、そこに行って俺の両親に報告してくれないか？　一之丞もミリも元気に楽しく暮らしていますって」

俺とミリが転移した時点で、地球に住むすべての人から俺たちふたりに関する記憶は失われているという。

しかし、死んでいる人の魂まではその効果もないだろうから、きっと両親もあの世で心配しているに違いない。

「わかりました。必ずお伝えします。ついでにお墓の掃除もしておきますね」

真里菜はそう言ってくれた。

食事が終わっても時間は余ったので、余興にと真里菜が大道芸をしてくれた。

一輪車に乗ってジャグリングから始まり、シガーボックスや手品、玉乗りに綱渡りとさまざまな芸を見せてくれた。

大玉に乗って綱渡りをしながらジャグリングをするという、合わせ技にもほどがあるだろっていう大道芸には度肝を抜かれたが、同時に、短い期間でこの大道芸の舞台の大道具と小道具を作ったというピオニアの開発の腕にも驚かされた。

さらに余った時間で、ダークエルフたちの讃美歌斉唱や、弓の的当てパフォーマンスが行われ、そして気が付けば時間になっていた。

「準備が終わったよ」

そう声をかけたのは、ダイジロウさんだった。

いつの間にここに？

というか、女神でもなく、許可シールを渡していないのにマイワールドに入れたのか？

「私が呼びました。地球に戻るための方法はありましたが、座標の設定は彼女にしかできません」

メティアス様が言った。

なんでも、地球に戻るだけなら簡単なのだが、転移した場所に戻すには特別な計算が必要なのだという。

「ていうか、ダイジロウさん、地球に戻ってなかったんですか？　一足先に日本に戻っていると思っていました」

「あんたには地球に戻るための座標を記した本を渡したでしょ？」

ミリが言うには、ダイジロウさんに渡した本の中には、アザワルドから浄化された瘴気が噴き出すであろう時刻と場所を記した内容を隠していたそうだ。

その座標データと、ダイジロウの発明品があれば、今回のように地球に戻れたはずだとミリは語っていた。

「これのお陰で、その必要がなくなったから」

「え？」

俺は思わず声を上げた。

ダイジロウさんはそう言って、懐から一冊の本を取り出した。

それは、ニャーピースの最新刊（の複製本）だった。

「続きが読みたくて読みたくて仕方のなかったニャーピース及び日本の漫画がこの世界に揃っている。わざわざ地球に戻る必要がなくなったのだ」

「あんた、漫画なんかのためにそんなに頑張ってたのかよ！」

俺は思わず、タメ口でツッコミを入れていた。

そうか、海賊のコスプレをしていたのは、飛空艇に乗っている空賊をイメージしているのではなく、まんまニャーピースのコスプレだったというわけか、畜生。

そういえば、この人はビッグセカンドとかいうペンネームで、同人誌を描いてるような生粋の二次元好きだったことを忘れていた。

「なんかとはなんだ。漫画は日本の宝、日本の心だぞ！」

「わかりましたから。じゃあ、ダイジロウさんは日本には戻らないんですか？」

「ああ。これからもこっちの世界に迷い込んでしまった日本人のサポートをしていくつもりだ」

「……頑張ってください」

そうだよな、この人は最初からこういう人だった。

同じ日本人のために世界中を飛び回り、転移者がたどり着く場所に先回りして、助けとなる情報と道具を置いていく。

俺はずっと彼女に助けられてきた。

もしかしたら、日本に戻る手段を探すのだって、漫画のためというのは口実で、真里菜のように日本に戻りたい日本人のために行っていたことかもしれない。

恩着せがましさを感じさせない、少年漫画のヒーローみたいに。

「真里菜さん、こっちに。そろそろ時間がない」

「はい」

真里菜はそう返事をすると、俺に駆け寄り、なんの前置きもせずにキスをした。

唇と唇が一瞬触れ合うだけの、感触もほとんど感じさせないような微かなキスで、むしろサンドイッチの中に入っていたらしい香草の香りのほうが強く印象に残ったくらいだった。

そのキスは、まるで魔法が解けてしまうのを恐れて逃げ出してしまうシンデレラが落としていったガラスの靴のような印象を俺に与えた。

背中を向けて走り出す彼女に、俺は一瞬手を伸ばし——そしてその手を引っ込めた。

「頑張れよ、真里菜！　向こうでも達者でな！」

「はい、行ってきます。皆さん、お世話になりました」

彼女は天文台にかけられた梯子を上っていき、そのてっぺんで大きく手を振ると、最後まで笑顔のまま光の柱に消えていった。

一抹の寂しさと、たくさんの笑顔を残して。


真里菜が去ったあと余韻に浸っていた俺だったが、女神様たちが一斉に立ち上がった。

「さて、そろそろ帰らせてもらうよ」

コショマーレ様がそう言った。

「え？　もうですか？」

「ああ。なにしろ、こっちは効率よく迷宮を運用するため、新しい形の迷宮を作らないといけないからね。テトを除いた各女神がそれぞれ十、合計四十の迷宮を作って運用するつもりだよ」

そうか、もう始めるのか。

迷宮攻略が好きなハルは、その話を聞いて、尻尾の動きが止まらない。

いまから楽しみにしているようだ。

「待て、コショマーレ、勝手に決めるではない。妾は録り溜めしておいた深夜アニメを見ないといけないって言っているじゃろ！」

「録画してるなら、いつだって見られるだろ？」

「それではインターネットでネタバレが――」

「安心しな。ネットサーフィンができないくらいの仕事が待っているからね」

コショマーレが笑みを浮かべると、トレールール様は後ずさり、

「嫌じゃ！　妾にはバカンスは必要じゃ！」

「ちょっと、お待ち！　トレールール！」

逃げ出すように消えたトレールール様を、コショマーレ様が追いかけるように同じく消えていった。

コショマーレ様も本当に大変だな。

「それでは、私たちも失礼します」

「そうだな。新しい迷宮か。どんな魔物を作るかワクワクするな」

ライブラ様とセトランス様も去っていく。

「それでは、我々も行きましょうか。メティアス様、ミネルヴァ」

「ええ、それではイチノジョウさん。精一杯、生きてください。この世界は人間ひとりひとりの力でかろうじて災厄から免れている。それは、ひとりの力ではどうにもならないということではなく、ひとりが欠けることによって、いつ災厄に転ぶかもしれないということです。決して努力を怠らないように」

「……でも死にたくなったら、私に言ってね。代わりに仕事をしてもらうから。仕事をいっぱいしているときは死にたいって思う気力すらなくなるのよ」

テト様、メティアス様、ミネルヴァ様がそれぞれ言った。

ミネルヴァ様のそれって、かなり危ない症状じゃないだろうか？

少し不安に思うが、それでもミネルヴァ様は大丈夫だろうとも思う。

魔神になっても、自分を裏切っていたと知っても、それでも変わらずに接してくれるテト様が傍にいるのだから。

女神様たちが去ったあと、残った俺たちは後片付けを始めた。

ふとテーブルを見ると、真里菜が返してくれた風の弓を含め、彼女が持っていたアイテムバッグなど、地球に持って帰ることができない道具が置かれていた。

俺はその弓を持ち、呟くように言う。

「向こうでも頑張れよ、真里菜」

「よし、頑張ろう」

桜真里菜はそう言うと、許可をもらっている公園の広場の石床に、黄色いテープを貼っていく。

その意味に気付いた人のうち数人が、これから始まるであろうパフォーマンスを見るために黄色いテープの手前に近付いてきた。

日本に戻ってきて一年。

彼女がアザワルドで三年間暮らしていたということはおろか、彼女がマンションから飛び降りたという事実も、彼女が三年間行方不明だったという記録も、この世界には残っていない。

この世界では、桜真里菜は三年間自宅のマンションの部屋に引きこもっていたということになっている。

だから、突然、部屋から出てきて、「ただいま、お父さん、お母さん！」とリビングで寛いでいた両親に抱き着いたときの彼らの困惑は相当なものだったし、なにより、「私、大道芸人になる」と言ったとき、両親が反対するのも当然だった。

社会と関わるのは嬉しいが、大道芸人になんてなれるはずがない。

三年間引きこもっていたお前にできるものかと。

それでも、真里菜の決意は固かった。

家にあるティッシュ箱四つを使い、シガーボックスを見せた。

彼女の大道芸人としての職業スキルはもう存在しない。

しかし、スキルはなくても反復して行ってきた大道芸人としての経験は、やはり彼女の中に残っていた。

両親はある条件を出して、真里菜の大道芸人になる夢を応援してくれることになった。

「やるからには、精一杯、頑張れ」

真里菜はその条件を二つ返事で了承した。

適当に返事したのではない。

頑張るのは、最初から彼女にとって当たり前であり、そして約束だったから。


最近、動画サイトにも投稿している真里菜の知名度はそこそこ高い。

準備が終わった頃には、すでに大勢の観客が集まっていた。

人見知りだった頃なら、卒倒するような視線が彼女に向けられる。

だが、彼女は倒れない。

彼女の大道芸人としての名前はマリーナ。

強かった彼女の仮面は被らず、ただ、彼女の力を借りて今日もパフォーマンスを始める。

「お集まりくださいました皆様、ただいまより大魔術師マリーナのスペシャルパフォーマンスをお見せいたします。時間がある方はそのお時間が許す限り、時間がない方は時間を作ってご覧くださ い」

真里菜はそう言って深々と頭を下げた。

こうして、真里菜は今日も人々を笑顔にさせるべく、大道芸人としての道を突き進むのだった。

余談ではあるが、真里菜がマンションから飛び降りる原因となった飼い猫は、結局軽い骨折だけで済み、その後、たとえベランダの窓が開いていても外に出ようとはしなくなった。

まるで、自分の役目はもう終わったとばかりに、いまでもマンションの床暖房の上に敷かれた猫ベッドの上で欠伸をしながら寛いでいる。

新たな旅へのエピローグ

真里菜が去ってから一カ月が過ぎた。
俺たちはというと、結局やることは変わらない。
【イチノジョウのレベルが上がった】
【ヒモスキル：コバンザメを取得した】
【ヒモスキル：MP代用を取得した】
ヒモのレベルが上がった。
俺がヒモになったのには、ある理由がある。
せっかく無職に戻れたんだし、職業安定所スキルを使ってみようと思ったところ、

転職する職業を選んでください。
（選択しない場合、五分後に自動的に選択されます）
詐欺師：LV1
映画泥棒：LV1

ヒモ：ＬＶ１
湖賊：ＬＶ１
辻斬り犯：ＬＶ７

いやぁ、まさか職業安定所スキルを使ったところ、ヒモ以外すべて犯罪職になるとは思いもしなかった。

ていうか、映画泥棒ってそんな職業あるのか？

絶対に未実装の職業だろ、そもそもこの世界に映画なんて存在しないし。

あと、すでにレベルを上げたことがある辻斬り犯は、元のレベルが表示されることがわかった。

もしも職業安定所スキルで魔王に転職できることになったら、最初からレベル３００になるのか、それとも職業は奪われたのだからレベル１からやり直しになるのかはわからないが。

まぁ、嘆いても仕方がない。

せっかくヒモになったんだし、なにか有用なスキルがないかと思っていたのだが、残念なことに、覚えるスキルを見て、がっかりしてばかりだった。

今回覚えたふたつのスキルにしてもそうだ。

俺は改めてスキルを確認する。

コバンザメ：その他スキル【ヒモＬＶ18】
パートナーが手に入れた経験値のうち一割を自分の経験値として取得できる。
その分、パートナーが取得する経験値は減少する。

コバンザメの説明を見て俺はため息をつき、

ＭＰ代用：その他スキル【ヒモＬＶ20】
ＭＰを使用するとき、その半分をパートナーに負担させる。
パートナーのＭＰが足りない場合は効果が発動しない。

ＭＰ代用を見て、これ以上ため息が出ないくらい息を吐ききった。
「予想していたが、ろくなスキルが手に入らないな、ヒモ」
飛空艇に襲いかかってきた怪鳥の群れのうち、俺の見える範囲の敵を魔法で撃ち落としてレベルが上がった。しかし、レベルは上がっても、ヒモの評価は上がるどころか下がる一方だった。

ヒモは、まずレベル２でパートナーを設定するところから始める。このパートナーは一度設定すると二十四時間は変更できない。

そこからレベル15になるまでに、「おこぼれドロップ」「幸せ還元」のふたつを取得した。

「おこぼれドロップ」というスキルは、迷宮内でパートナーが敵を倒して取得したドロップアイテムのうち、一部を自分のものとして専用のインベントリに保存できる。いま覚えた「コバンザメ」や「ＭＰ代用」と同じように、パートナーの力に大きく頼ったスキルだ。

ちなみに、パートナーは異性だけでなく同性でも可能らしい。

「でも、いい職業だと思います。私は本当にご主人様の奴隷で幸せです」

ハルがスラッシュで同じく怪鳥を切り落としながら、顔を赤らめて言う。

いつも表情を変えないハルにしては珍しい変化だ。

「イチノ様、効果が強すぎるのでは？」

「かもしれないな」

スキル、「幸せ還元」の効果だろう。

このヒモスキルを利用して女性からおこぼれをもらったりＭＰをもらったりすると、その見返りとしてパートナーを幸せな気持ちにさせるという効果がある。

副作用や中毒性はないという説明だったが、この様子だと、「幸せ還元」も封印したほうがよさそうだ。

「まったく、本当に締まりのないパーティよね。これから世界の最難関、地獄の窯迷宮の攻略だっていうのに」

ミリが呆れたように言い、闇魔法で剣を生み出して飛んでくる怪鳥たちを切り落としていく。

とうとう、怪鳥たちは俺たちを襲うのを諦め、西の空に逃げていった。

これから向かうのは北大陸の巨大火山の麓にある地獄の窯と呼ばれる迷宮だ。

俺たちは世界中を巡り、さまざまな迷宮の攻略をしたり、特産品を買い漁ったり、美味しいものを食べたりと旅を続けていた。

ダイジロウさんから借りた飛空艇のお陰で、旅も順調である。

乗組員も貸してくれたし。

「フリオ、なんで俺たちがこんなことをしないといけないんだ」

「仕方ないだろ、スッチーノ。お前が投資詐欺になんてあって全財産失ったんだから」

スッチーノとフリオは文句を言いながらも、給料を渡せばしっかり働いてくれているし、

「…………ふふふ、尊い、尊い」

ミルキーも、日本産のBL本（シーナ三号によりアザワルド共通語翻訳済み）を渡したところ、必要なときにはしっかり働いてくれている。いまは読書に夢中のようだが。

それに——

「いやぁ、助かったよ、ジョー。お前が通りかかってくれなかったら本当に危なかったよ」

「うん、助かったよ、ジョー。ふたりで飢え死ぬところだったたね」

ジョフレとエリーズも手伝ってくれていた。

こいつら、ケンタウロスの背中に乗って、泳いで北大陸を目指していたのだが、肝心の食料をすべてケンタウロスに食べられてしまい、飢え死に寸前のところを俺たちが飛空艇で見つけた。なに無茶なことをやっているんだと思ったが、西大陸の海岸から三百キロを進み、北大陸まで残り百キロのところまで泳いでいたのも事実だ。

食料が十分だったら——いや、俺たちが助けなかったとしてもケンタウロスだけだったら北大陸まで泳ぎ切っていただろう。

さすがは聖獣だ。

「そういや、こいつの正体、聖獣という以外、よくわからないままだったな」

俺はそう言って、トマトをムシャムシャと食べるケンタウロスを見た。

メティアス様を封印することができる器となり、自分の体以上の野菜を食べる。

黄金樹とも呼応していた。

女神様たちも、この聖獣の存在は知っていたし、封印するために利用もしたが、そもそも聖獣がどうやって生まれたのかはわかっていないらしい。

というのも、精霊たちと同様、女神様や人間たちがこの世界に来るより遥かに前からこの世界にいたそうだから。

こいつが食べた職奪の宝石についても、ライブラ様が調べた結果、ケンタウロスに完全に取り込まれていて、糞として排出されることはないそうだ。

もしかしたら、このケンタウロスは俺が思っているよりも遥かに凄い動物なのかもしれない。

が、トマトを食べ終わり、トウモロコシを芯ごと食べるケンタウロスの姿を見たら、そんなことを考えるのが馬鹿らしくなってきた。

ケンタウロスはケンタウロスという生き物なのだと思っておこう。

「ジョフレの兄貴、目的の町が見えてきましたよ」

フリオが声をかけた。

ジョフレたちは北大陸の適当な町で降ろしてほしいと言ったので、ダイジロウさんが着船許可を取っている町に立ち寄ることになった。

「ジョフレ、エリーズ、本当にここでいいのか？　お前たちの指名手配は解除されたんだ。必要ならフロアランスに送るぞ？」

「ここでいいさ。もともと、あの町に用事があったんだ。約束している奴がいてな」

「一緒に旅をすることになってるの。ぜひ私たちと一緒に旅がしたいって言ってくれてね。旅は道連れ世は情けなんだよ」

へぇ、こんなふたりと一緒に旅をしたいなんて、奇特な奴もいたもんだ。

いったいどんな奴なのか気になるが、関わったら厄介なことになるに決まっているので、これ以上は聞かないことにした。

飛空艇を町の近くに着地させて、ふたりを降ろす。

「じゃあな、元気でやれよ！」

俺はふたりに手を振った。

「おう、またなジョー！」

「またね、ジョー！」

ジョフレとエリーズは、ケンタウロスに跨がると颯爽と去っていった。

名残惜しさはまるでない。

この広い世界、スマホのような連絡手段もなければお互い根無し草な状態なので住所も持たない
——そんな状態で別れたら今生の別れと言われても仕方がないのに、あのふたりは俺とまた再会する気満々だった。というより、明日また会うつもりじゃないかというくらいの気軽さだ。

ただ、確かにふたりは真里菜とは違い、この世界にいるのだ。

あれだけ騒がしいふたりのことだから、捜そうと思えばすぐに見つけられるだろうし、今回のようにばったり出くわすこともあるだろう。

だから、俺も別れの言葉は告げなかった。

ふたりを降ろし、俺たちは再度飛空艇に乗り込み、地獄の窯迷宮を目指す。

「そういえば、イチノ様。メティアス様から無職のスキルはこれ以上用意していないと伺ったのですよね？　なにか決まった職業に変えるつもりはないのですか？」

「職業安定所スキルが使えなくなるという欠点はありますが、それ以上にご主人様のステータスは大幅に底上げされます。まずは剣聖に転職し、アザワルドの長い歴史において、ただひとりはじまりの剣士しか到達できなかったといわれる剣帝を目指すのはいかがでしょうか？」

「おにいが望むなら、女神になるときに捨てた魔王の力を分けてあげてもいいよ」

「ミリには前に言っただろ？　魔王の力は強すぎるから、あのときの戦いが終わったら最初から封印するつもりだったって。それに、剣帝を目指すだけなら、無職のままでもできる。職業安定所でいろんな職業のレベルを上げながら、自分がやりたいことを見つけるつもりだ」

「まるで、仕事を探すのに疲れて就職を諦めたニートみたいなセリフよね。おにい、無職からニートに職業変えるつもり？」

「誰がニートだ。いちおう働いているぞ！」

　立ち寄った町で鍛冶スキルで金属細工を作ってキャロに売ってもらったり、狩った魔物をハルに頼んで冒険者ギルドで売ってもらったりしている。

　お陰で、巷ではハルとキャロの評判は独り歩きを始め、伝説の細工師、白狼族の英雄ともてはやされている。俺の知名度は皆無に等しいのが残念だが。

　もっとも、その稼いだ金の大半は魔石の購入費用に消えている。

　飛空艇の燃料としても使っているが、それ以上に魔石を女神様に奉納して、少しでも瘴気を減らしている。

　そのとき、俺のスマホが鳴った。

　ダイジロウさんが改造して、どこでも通話できるようにしてくれたんだ。もっともスマホを持っているのは俺とミリとダイジロウさんの三人だけなので、使用目的はいままで通りハルやキャロやミリの可愛い写真を撮って、俺の嫁と妹が可愛すぎるとひとり満足しているだけだったが。

　通話相手はダイジロウさんだった。

「ダイジロウさん、楠です」

『楠君。いま北大陸の地獄の窯に向かっているところだったな』

「ええ、そうです」

　俺は頷きながら、ミリが聞き耳を立てていたので、皆にも聞こえるように音声をスピーカー設定にした。

『行方不明になっていたタルウィの居場所がわかった。彼女は東大陸の南、トドロス王国の東部にいるらしい。東大陸はもともと奴隷と獣人の差別の激しい大陸だったが、奴隷の獣人たちを扇動し、僅か二カ月足らずで獣人至上主義の国を建国した。大したカリスマだ』

　マジか……獣人至上主義って、つまりは人間に対する差別が行われる国ってことだよな。

　ハルが俺のことをご主人様だなんて呼んだら、「なんで人間族（ヒューム）が白狼族の主人なんだ！」といちゃもんをつけられたうえで襲われそうな国だな。

　絶対に近付かないようにしよう。

『そこで、緊急の要件なのだが、君たちにはその新しい国の視察に行ってほしい』

「え？　なんで俺たちが？　ていうか、俺たちがタルウィの国に行ったら問題になりませんか？　ただでさえあいつには嫌われているのに。戦いになりますよ」

『彼女は君との戦いを望んでいるのかもしれないな。個人としての戦いでは負けたが、今度は群れとしての戦いを君に挑むのだろう。断れない切り札も用意されている』

「断れない切り札？」

『ハルワタート——彼女の母親もまたその国にいるらしい』

その言葉に俺は驚愕した。

「……お母さんが」

ハルが驚き呟く。

そうだ、ハルの父親は処刑になったと聞かされたが、母親は終身刑となり、どこかに収監されていると聞いたことがある。

その場所はハルにもわからなかったそうだが、タルウィが助け出したのか？

俺たちと戦うためか、それとも偶然かはわからないが。

「ダイジロウさん、ありがとうございます。行ってみます！」

『ああ。よろしく頼む。そこからの詳しい航路計画はメールで送るからその通りに航行してほしい。通過する国での航行許可はこちらで取っておこう』

こりゃ、地獄の窯迷宮に行っている場合じゃなさそうだ。

「フリオ、スッチーノ、ミルキー、方向転換！　南東、東大陸方向に舵を取れ」

事情を知らないフリオとスッチーノは「急になんなんだ」と大慌てで飛空艇の方向を調整する。

「お待ちください、ご主人様。私のためにご主人様たちを危険に晒すわけには——」

ハルは大きな声で俺にやめるように言う。

母親のことはなによりも心配だが、それ以上に俺の身を案じているようだ。

「ハルのためだけじゃないさ。やることが見つかったんだ、全力で行かせてもらう」

「そういうことです、ハルさん。では、キャロはこのメールの地図をシーナさんに頼んで印刷してもらってきます」

キャロはそう言って俺からスマホを受け取ると、俺が開けたマイワールドへの扉に入っていった。

「ま、ハルワの母親とは顔見知りだし、会っておかないといけないわね」

そう言って、ミリはハルにウィンクをする。

「ご主人様、ミリ様……ありがとうございます」

ハルが深く頭を下げた。

「なぁに、結婚前の挨拶だと思えばこのくらい当然さ」

俺がそう言うと、

「結婚……私とご主人様の結婚……」

とハルが珍しく動揺し、

「まだ私は結婚を認めてないわよ！　結婚するならまずは私を倒してからいきなさい！」

とミリが意味のわからないことを言い出し、

「イチノ様が結婚について語っている気がして戻ってきました。当然キャロも一緒に結婚するのですよね」

とキャロが女の勘を最大限に働かせ、拠点帰還（ホームリターン）で俺のところに戻ってきた。

「ちょっと、皆さん、飛空艇の上で暴れないでください」

「船が落ちるだろうがっ！」

「……四人がもしも全員美少年だったら……ぶっ……」

　フリオとスッチーノが俺たちを注意し、とうとうミルキーはシチュエーションを勝手に改造して鼻血を出しはじめた。

　まったく、緊急時だというのに、この騒がしさはいったいなんなんだ？

　思えば、女神様に導かれてこの世界に来たときから、ずっと俺は騒ぎの中にいた。

　フロアランスのハルと奴隷商館で出会い、ジョフレ、エリーズに絡まれ、ノルンさんを山賊から助け、キャロと一緒に幸せを追求し、ひたむきに日本に戻ろうとする真里菜に同行し、実は魔王の生まれ変わりだとか言い出すミリと再会し、ホムンクルスたちとともにマイワールドを育て、ダークエルフたちからは救世主扱いされ、勇者や魔神と戦った。

　そして、その騒ぎはこれからも続くのだろう。


　でも、大丈夫だと確信できる。

　俺が仲間とともに成長する限り、なんでもできると信じているから。

　まぁ、無職だけはしばらくは辞めることはなさそうだけどな。


　飛空艇は俺たちを乗せて、さらなる冒険へと進んでいく。

怠惰な女神のプロローグ（？）

結局、トレールールは地球のロシアに逃げて、ブリヌィ（ロシア風パンケーキ）を食べているところをコショマーレに捕縛され、新たな迷宮を作るための作業に取りかかることになった。

だが、勉強を嫌がっている子供を捕まえ、無理やり塾に行かせたところで、その子が真面目に勉強をするはずがないのと同様、トレールールもまた新たな迷宮作りの作業は滞っていた。

人間が住んでいる場所の近くなら、大きな迷宮を作れば勝手に人々が入って魔物を倒していくからわざわざ管理する必要はない。

問題は、瘴気の溜まり場となっているにもかかわらず、人々が立ち入りそうにない場所だ。

「なんで妾がひとりでこんな面倒な作業をしなければならないのじゃ」

トレールールは、お土産に買ったマトリョーシカをツンツンと指先で押しながら不貞腐れるように言った。

「こんな面倒なこと、新人女神に任せればよかろうに。そうじゃ、押し付ければ……」

だが、トレールールは新しく女神となったミリの顔を思い浮かべて、断念した。

トレールールにとって、ミリは人間だったときから恐ろしい相手。

そんなミリが女神になる条件は、百年間女神の仕事をしないこと。

もしもトレールールがそれを破って仕事を押し付けようものなら、どんな報復が待っているかわからない。

「はぁ……妾があと何人かいたら、その別の妾に仕事を押し付けるのじゃがな」

トレールールはそう言って、マトリョーシカを開けて中のマトリョーシカを取り出した。

このように分裂できたら仕事が捗るに違いないと思ったのだ。

もっとも、彼女以外の人間がそれを聞いたら思うだろう。

どうせ分身も仕事を面倒に思って放り投げる。『本体が押し付けられた仕事なのじゃから、本体がやるのが道理というものじゃ。なぜ分身の妾が面倒な仕事をせねばならんのじゃ』と文句を言うに決まっている。

「そうじゃ！　全部人間にやらせればよいのじゃ。そろそろ新しい転移者が来る時間じゃし、その人間に迷宮の管理を任せよう……ダメじゃ」

そもそも、日本からの転移者に与える天恵という名のチートは、転移者本人が望むものしか与えてはいけないという不可侵のルールがある。

転移者が望めば、女神がその望みに近い天恵を提示することはできるが、話の流れをぶった切って、無理やりひとつの天恵を押し付けることはできない。

迷宮を管理するという面倒な仕事をしたい奇特な転移者はいないものだろうか？

トレールールはそう考え、ふと、先ほど開けたマトリョーシカを見た。

欠陥品だったのか、一番外側のマトリョーシカと二番目のマトリョーシカがくっついている。

少し力を加えたら外れるが。

「そうじゃ！　その手があった」

手をポンと叩き、トレールールはA1サイズの紙を取り出した。

さらにトレールールが念じると、その紙は複数の短冊に分かれ、その一枚一枚にトレールールが授けることのできる天恵が書かれていった。

そして、最後の一枚に『オリジナルの迷宮都市を創り出して管理できる』と書き記した。本来なら迷宮とその周辺しか管理できないのだが、その転移者が死んだあとも迷宮が機能するためには、転移者に都市を作ってもらわなければならないからだ。

そして、トレールールはその一枚を、マトリョーシカの一番外側と二番目の間に挟んで固定し、残りの紙を無造作にマトリョーシカの中に入れた。

なぜ、選んでほしい天恵を一番わかりにくい場所に仕込んだのか？

その理由は簡単。

人間という生き物は、隠された場所にあるものに価値を見出す生き物だからだ。

一生に一度しか選ぶことのできない天恵を、五分や十分で決めることができる者などそうそういるはずがない。そして、時間が経てば、転移者は絶対に気付くだろう。マトリョーシカの隙間にもう一枚の紙があることに。もしも気付かなければ、自動的に割れる仕組みを作ればいい。

そして、隠された天恵を見つけたとき、人は勝手に勘違いしてくれる。

これは隠されたチート天恵だと。

「ふむふむ、これは楽しくなってきたの。まぁ、無理に迷宮の管理をさせるのじゃ。少しは手助けしてやらんでもないがの。そうじゃ、魔石もその人間に集めさせたら一石二鳥ではないか。物資の乏しい無人島じゃ。適当な食料や資材と交換すると言ったら喜んで魔石を捧げるじゃろう」

トレールールはそう言って不敵な笑みを浮かべ、マトリョーシカの蓋を閉めた。

どんな人間がここを訪れるのか楽しみだと思いながら、直接説明を求められたら面倒なので、マトリョーシカに通話機能を組み込み、説明が終わったら通話を切断することにした。

サボるためなら、トレールールは本気だった。

そして、すべてが終わった頃、ちょうど日本からの転移者がやってくる時間となった。

転移者が必ず最初に訪れる世界――そこに、妾はマトリョーシカを置いて待った。

すると、仕事に疲れ果てた感じのまだ若い男がジャージ姿で現れた。

どうやら、過労死寸前のところを連れてこられたらしい。

トレールールは彼に期待し、マトリョーシカを通じて彼に呼びかけた。

『テステス――聞こえるか？』

その声に、彼は答えた。


『無人島ダンジョン経営』に続く。

成長チートでなんでもできるようになったが、無職だけは辞められないようです

キャラクターガイド

ちり氏によるキャラデザとともに
「成長チート 13」キャラをご紹介！
Illustration：ちり

「勝ちと決めるのは
まだ早いのではないですか？」

メティアス

＊かつて女神だった魔神。ほかの女神によってケンタウロスの中に封印されていた。イチノジョウのスキルにも関係しているらしい。

あとがき

『成長チートでなんでもできるようになったが、無職だけは辞められないようです』最終巻をお買い上げくださいまして、まことにありがとうございます。

最終巻を書くにあたって、とうとう新居を購入しました！　成長チート御殿です！

……いや、ローンですけどね。しかも専業作家って本当にローン審査とか面倒なのです。一社落ちましたもん……しかもシリーズ終わってローンどうすんの？　あぁ、一気にテンション下がってきた。もしもこの本を読んで小説家になりたいという奇特な方がおられましたら、言っておきます。ローン審査を受けようと思うのなら、兼業作家中に審査を受けた方がいいですよ。マジで。

って、最終巻にこんな話ばかりというのもあれですね。

全十三巻、最後のあとがき。もっと語りたいことがあるのですが、言いたいことは全部あとがき劇場で語ることにします！　暗い話ではなく、明るい話で！

最後まで素敵なイラストを提供してくださったちりさん、毎回締め切りギリギリアウトで迷惑をかけた担当編集様、そして最後の最後の最後までお付き合いくださいました読者の皆様、本当にありがとうございます！

また別の本のあとがきで出会えることを心から願って！　ありがとうございました！

時野洋輔

特別おまけ　あとがき劇場

イチ「始まりがあれば終わりがある。『成長チートでなんでもできるようになったが、無職だけは辞められないようです』最終巻までお付き合いくださりまことにありがとうございます。なお、今回は最終巻なので僅かにネタバレがあります。本編を読んでいない方はまずは本編をご覧になってください」
ハル「ご主人様、今回は『お買い上げくださりありがとうございます』ではないのですか？」
イチ「いや、もう友達から借りてくれた読者も、図書館で借りてくれた読者も、最終巻まで読んでくださったら、主人公として感謝しかないからな。成長チートを全巻取り扱っている図書館が日本全国にどれだけあるかはわからないが」
ハル「国会図書館ならあるのではないでしょうか？」
イチ「国会図書館に行ってこの本を読んでいる読者の姿が想像できないな……館外持ち出し禁止だしブックカバーも掛けられないいんだぞ？　『この人、国会図書館でなにいかがわしい本を読んでいるんだ？』って思われないか？」
ハル「いかがわしい本……確かに第九巻や第十二巻は外で読むには恥ずかしいかもしれませんね」
イチ「だろ……と、自然に入ったが、今回の相手はハルか。正直ほっとした。最終巻になって、コーマ&ルシルが復活するかと思ってひやひやしていたんだよ」

ハル「作者の中にはその案もあったそうですが、最終巻なので私たちに任せようと思われたそうです。期待に応えられるように頑張らないといけませんね」

イチ「いや、本編が終わってやっとホッとしたのに、頑張るというのもな。正直、無職としてはこたつの中でダラダラしていたい……なんて言えば、このあとがき劇場を書いているのが正月真っ只中だってバレてしまうな」

ハル「箱根駅伝を見ながら書いていましたからね。私も参加したいです」

イチ「ダメだって。学籍がどうとか以前に、ハルが走ったらほかの大学は全員繰り上げスタートになってしまうぞ。って最終巻なのにグダグダな展開だな。まさか読者も正月過ぎて半年くらい経ってから、箱根駅伝の話を聞かされるとは思いもしないだろうな」

ハル「作者と読者の時差ですね。あ、ちょっと待ってください。出版社から『宣伝を済ませておけ』と電話をいただきました」

イチ「生放送みたいな感覚で電話が来るな。ということで、先ほども言った通り、この物語はこの巻が最終巻です……が、これで終わりではありません。物語は現在好評発売中の小説『無人島ダンジョン経営』に引き継がれることになります。最後の最後に、トレールール様が思い付いたという『丸投げ作戦』により、被害を被った青年が、この巻で俺たちが訪れた無人島でダンジョン経営を行い、ゆくゆくはダンジョン都市を作り上げていくという物語です。イラストレーターは『成長チート』シリーズでおなじみのちりさんです。まだ読んでいない方はぜひ、お楽しみください」

ハル「ご主人様、素晴らしい宣伝です。まるで帯広告かと思いました。感動しました」
イチ「ハルは本物の帯宣伝知らないだろ。帯宣伝だったらもっと短くうまくやっているよ」
ハル「たとえば、どのようなですか？」
イチ「そうだな。『○○先生大絶賛！』『累計百万部突破』『アニメ化決定』みたいな」
ハル「なるほど、ではそれでいきましょう」
イチ「よし、ならそれで……って無理だよ！　詐欺帯になるよ！」
ハル「それでは『○○先生大絶賛（してください）』『累計百万部突破（希望）』『アニメ化決定（する夢を見た）』という帯にするのはどうでしょうか？」
イチ「あったなぁ、そんな帯を使っていた小説。その帯使っていた小説は本当にアニメ化していたけど。でも、ダメだからな、ハル。最近はＪ○ＲＯとかうるさいからな」
ハル「戦いましょう！　私が道を切り開きます！」
イチ「戦わねぇよっ！　切り開くなっ！　ってまた話が横道に逸れた。なんだ？　ホムンクルスたちがボケるときは、ボケとわかっていて言っているからツッコミも楽だったのに、ハルは本気で言っているからツッコミに対する疲労が通常の三倍くらいひどいぞ」
ハル「申し訳ありません、あとがき劇場には不慣れなもので……責任は本編で取ります」
イチ「取らなくていい。あとがき劇場の責任を本編で取るな！」
ハル「『無人島経営』第二巻で、どのような苦難も乗り切ってみせます」
イチ「責任を取ると言いながら、しれっと第二巻への出演希望しているっ⁉　出るかどうかまだわかっていないのに」
ハル「あとがき劇場にも出演します」
イチ「『無人島ダンジョン経営』にあとがき劇場はねぇよ。成長チートだけの悪しき文化だ。ついでに言えば、他作品のキャラがあとがき劇場に出張ったら、どんな悲惨な結果が待っているか、俺たちは第一巻から第四巻までずっと見てきたはずだろ」
ハル「……失言でした。謝罪をもって訂正します」
イチ「わかればいいんだよ。ところで、ハル。例のものは持ってきたのか？」
ハル「例のものとは？」
イチ「ほら、あれだよ。あとがき劇場の締めといえば、わかるだろ？　悪しき慣習といえど、お約束は回収しないといけないんだ」
ハル「あぁ、これですね」
イチ「これだこれだ……って干し肉？」
ハル「はい、あとがき劇場の最後は、美味しいものを一緒に食べてハッピーエンドと伺いました。どうぞ、ご主人様」
イチ「…………ありがとう……激辛スパイスとか塗ってないよな」
ハル「私もいただきます。ご主人様と並んで干し肉を食べられて、私は世界一幸せです」
イチ「……硬っ。まぁ、最後くらい、ハッピーエンドも悪くないか」

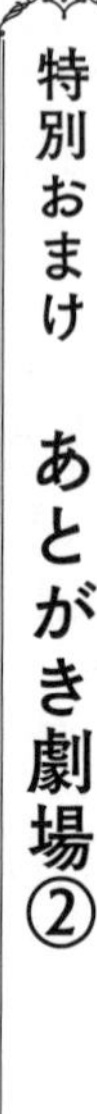

特別おまけ　あとがき劇場②

キャロ「あの、イチノ様。今回、あとがき劇場は二本立てなんですか？」
イチノ「ああ。ハルだけにする予定だったそうだが、前作ではミリがここに出てきて、ハルがしたら、キャロだけヒロインの中であとがき劇場に参加していないことになるだろ？　せっかくの最終巻だしな。本物のあとがきを削ってでもあとがき劇場に費やしてやるぜって息巻いていたな」
キャロ「あとがき劇場にかける情熱がそこまで凄いのに、ほかの作品ではしないのですね。あ、ヒロインでいえば、マリナさんもあとがき劇場には参加していませんよ？」
イチノ「まぁ、真里菜は日本に帰ったし、それに、ここに呼ぶとしたら人見知りの真里菜より、中二病のマリーナのほうがいいと思うんだが、真里菜とひとつになっちゃったからな」
キャロ「マリーナさんがいたとしても、ほとんどネタに走ってまともな会話はできそうにありませんね。それに、難しい言い回しとか、作者が考えるのに苦労しそうです。では、このあとがき劇場が、イチノ様とキャロの夫婦初めての共同作業ですね。この場ですることになるとは思ってませんでした」
イチノ「待て、ここはどこの設定なんだ？」
キャロ「どこって、イチノ様とハルさんとキャロの合同結婚式の会場ではありませんか」

イチノ「えっ⁉　ここって結婚式場だったの？　俺たちって結婚式の披露宴であとがき劇場をやってるのか？」
キャロ「はい。ハルさんと一緒にハルさんのお母様が、キャロと一緒にクインス様が入場し、イチノ様がキャロとハルさんに挟まれ、バージンロードを歩きました」
イチノ「そうか、ハルの母ちゃん無事に助けられたのか」
キャロ「クインス様がベールガールと間違えられて子供の中に交じっていたのは心が和みましたね」
イチノ「うわ、それは和むけどあとで怒られそう」
キャロ「ウエディングブーケは大乱闘の末、マーガレットさんが勝ち取りました」
イチノ「ブーケがもはやチャンピオンベルトだな」
キャロ「友人代表のコータ様の三つの袋に関する話は、キャロにはまったく理解できませんでした」
イチノ「翻訳の限界だ……日本語のダジャレが海外でまったく通用しないのと同じだ。って、結婚式、滅茶苦茶じゃないか。こんなことになってキャロはいいのか？」
キャロ「はい、イチノ様と結婚できてキャロは世界一幸せです」
イチノ「そりゃよかった！　本当によかった！　で、ハルは？」
キャロ「幸せそうに披露宴の食事を食べています」
イチノ「ほんとだ！　さっきハルに渡された干し肉が披露宴の料理だった！　それを知ったいまとなっては、さっきハルが言った『ご主人様と並んで』という意味も『世界一幸せ』の意味も大きく変わってくる！」

キャロ「はい、披露宴の料理が干し肉で済んで安上がりですし、パウロ伯爵や贈られてきた祝い金と皆さまからのご祝儀で披露宴は黒字になりそうですね」

イチノ「披露宴で黒字赤字言うのはやめてほしいが、披露宴の食事だけでいえばケンタウロスが食べすぎて大赤字だと思うぞ」

キャロ「そちらはC会計から出ていますので問題ありません」

イチノ「なんかケンタウロスに専用の予算が組まれていた⁉　いや、でも、待ってくれ、なんで俺はいま自分が結婚式会場にいることを忘れていたんだ？　自分の披露宴だっていうのに。そういえばタキシードを着ているし、皆、笑顔でこっちを見てるし、表紙はハルとキャロのウェディングドレスだし。徐々に結婚の準備の様子も思い出してきた。確かに指輪は俺が作ったのをふたりに渡したし、ミリを説得するのにかなり苦労したし、ピオニアは説得しても結局結婚式に参加してくれず、リモート参加になってしまったのも覚えてるのに、今日の記憶だけが曖昧だ」

キャロ「あぁ……そこは忘れていたほうがいいかと思います。それより、新婚旅行の話をしましょう」

イチノ「いやいや、そういうわけにはいかないだろ。俺とハルとキャロの一番大切な日だぞ！　思い出せ、俺！　ダークエルフたちは参加できなかったが、マイワールドで改めて結婚式を開く約束をして。そうだ、神父様の前で永遠の愛を誓い合った。ベールの向こう側のハルとキャロは美人だった。指輪の交換もした。シーナ三号がカメラ係で、ニーテが料理を作っ

　　　てくれて、皆で結婚を祝ってくれた」
キャロ「イチノ様、ダメです、それ以上思い出しては――」
イチノ「女神様の粋な計らいで真里菜からの祝福のビデオレターももらって、あいつはパフォーマンスの世界大会に出場して有名人になってた。それで、ケーキ入刀……ケーキ入刀」
キャロ「イチノ様、ダメです！　本当にダメです！」
イチノ「そうだ、次元を無視して、あいつがケーキを送ってきたんだ。『あとがき劇場で結婚式をするから別にいいでしょ。だって、あとがき劇場といったら私だもん』って、ダークエルフたちも真里菜も女神様たちも結婚式会場に来られなかったのに、あいつが来たんだ」
キャロ「イチノ様っ！」
イチノ「『異世界でアイテムコレクター』のメインヒロイン、ルシルがウエディングケーキを持って現れたんだ！　魔物の姿と化したウエディングケーキが！　ケンタウロスでさえも一口食べて逃げ出したあのウエディングケーキが！」
キャロ「一口食べて平気だったことが驚きです……思い出してしまったのですね、イチノ様」
イチノ「そうだ、思い出したよ！　大丈夫なのかっ⁉　奴は、奴はどこにいる？」
キャロ「どこにって、イチノ様、そこはまだ思い出せないのですか？」
イチノ「思い出せないって、なにを」
キャロ「ウエディングケーキはケンタウロスに食べられたとき、体内にあった魔王の力を吸収、一部融合し、ルシルの持つ魔王の力と融合。真の魔王として覚醒し、異世界へと旅立ちました。もう誰の手にも負えません」

イチノ「そうだった……俺は最終巻だからって、お約束だからって、心のどこかでルシルのケーキを望んでしまったんだ。そのせいで俺とまったく関係のない世界が崩壊させられるなんて」

キャロ「……しかも、今回が最終巻ですから、キャロたちには手の打ちようがありません」

イチノ「……それなら、無人島ダンジョン経営のあとがき劇場に俺が出て」

キャロ「イチノ様は仰っていたではありませんか。思い出してください。無人島ダンジョン経営には……あとがき劇場がないんです！」

イチノ「そうだった……そうだった……それで、俺は絶望し、記憶を失ったんだった」

キャロ「せっかくの結婚式、せっかくの幸せなのに……」

ハルワ「ご主人様、祝電が届いています」

イチノ「悪い、ハル。そんな気分じゃないんだ。俺には祝ってもらう資格なんて……」

ハルワ「いえ、これをお読みください」

イチノ「だから……ん？　『ケーキ（大魔王）は保護者（コーマ）が責任をもって食べました？』　これ、ケーキを食べ切った真っ青なコーマの写真……よかった。この程度ならコーマにとって日常茶飯事だ。死にはしないだろ」

キャロ「よかったですね、イチノ様。本編とまったく関係のないところで世界が崩壊せずに。別作品の主人公が気絶するだけでよかったですね」

イチノ「本当だな。よし、結婚式のやり直しだ！」

ハル＆キャロ「はい！」

成長チートで
なんでもできるようになったが、
無職だけは辞められないようです 13

2021年6月6日 初版発行

【著　　者】時野洋輔

【イラスト】ちり
【編集】株式会社 桜雲社／新紀元社編集部
【デザイン・DTP】株式会社明昌堂

【発行者】福本皇祐
【発行所】株式会社新紀元社
〒101-0054　東京都千代田区神田錦町1-7　錦町一丁目ビル2F
TEL 03-3219-0921 ／ FAX 03-3219-0922
http://www.shinkigensha.co.jp/
郵便振替　00110-4-27618

【印刷・製本】株式会社リーブルテック

ISBN978-4-7753-1909-3

※本書は、「小説家になろう」（http://syosetu.com/）に掲載されていたものを、
改稿のうえ書籍化したものです。